熊貓英雄
三部曲：終極力量
猛獁象◎著

推薦序　史前的地球英雄

從地球誕生至今，已經過了四十多億年。從最早的人類出現至今，大概過了兩百萬年。從人類開始記載歷史至今，只過了幾千年。

在地球漫長的生命面前，人類的歷史和壽命顯得微不足道，我們所知道的歷史對地球來說，簡直就像眨眨眼那麼短暫。人類出現之前，地球上已經有了各種各樣的生物，但很多至今已經滅絕，我們永遠無法見到了。只有極少數生物頑強地生存至今，牠們是人類認識生物歷史的「活化石」。

大熊貓就是這樣一種神奇的「化石」。牠們在地球上至少生存了八百萬年，比人類的歷史悠久得多。漫長的歷史中，熊貓們到底遭遇了多少磨難，實在難以考證。熊貓經歷過天寒地凍的冰川時期，經歷過地球氣候的多次轉變，和牠們同期生活的物種陸續滅絕，牠們自身也產生了不少變化。如今，熊貓族群不斷減少，走到了瀕臨滅亡的境地，遙想遠古，熊貓的祖先曾經那樣輝煌。

《熊貓英雄》講述的就是那些史前熊貓的壯闊冒險。

地球的最後一次冰川期，地震和火山噴發不斷，地球上的生物們都嗅到了危機的味道。歷史悠久的熊貓種族遇到的巨大的危險。關鍵時刻，流浪的熊貓小子幸福寶站了出來，扛起拯救危亡的重擔。鸚鵡阿飛和新出現的物種——老虎，是幸福寶最好的朋友，他們一起踏上征途，尋找出路。

作者十分逼真地再現了冰川時期地球的樣貌，原始的山巒、叢林橫亙，各色史前動物輪番登場：狡詐強悍的恐狼和熊貓亦敵亦友，劍齒虎有了新的進化，紅毛猩猩稱霸原始森林，泰坦鳥和異特龍意外現身……幸福寶的旅程有了牠們的參與，格外驚險刺激。

自然災害過後瘟疫爆發，幸福寶再次上路，拯救危機。幾番鬥爭後竟然要和地外智慧生物一決高下，想想如今人類發現的史前文明未解之謎，忍不住猜測確實曾有外星生物造訪地球。與此同時也不禁佩服作者超凡的想像力和豐富的知識。在這套書中，讀者不僅可以看到精彩絕倫的冒險故事，還能認識各類傳奇生物，了解天文知識。

冒險之外，動物之間的感情也格外讓人動容。阿飛不顧自身安危屢次營救幸福寶，老虎為了兩位朋友不惜長途跋涉，異特龍雖然生性兇殘卻為了孩子們戰勝自己，活潑俏皮的小熊貓在災難中成長強大……在他們身上，有災難的痕跡，有成長的痕跡，還有堅持和抗爭的痕跡。所有度過災難重獲新生的動物，依靠的不是幸運，而是智慧、勇敢、堅持和互助。他們用最樸實的行動闡釋了生存之道。

硝煙散去，幸福寶和朋友們再次自由地奔跑，想必未來有更加精彩的冒險等著這些史前的英雄們。

自序

我其實是個懶惰的人，不怎麼會寫序，應編輯的盛情相邀，只好隨意為我的新作《熊貓英雄》寫寫序。

一直以來，熊貓這個可愛的形象在我的腦海裡反覆出現，熊貓是很多美好事物的象徵，我想，這應該會是個很有意思的故事。

我大約用了半年時間思考，如何寫一隻熊貓，而且是寫一隻與眾不同的熊貓。從熊貓憨態可掬的形象出發，我想了好多的名字，什麼：圓圓、蛋蛋、黑白小弟等等。最後將這隻熊貓定名為幸福寶，這不僅是一個名字，也是我的一份心願，希望每一個小寶寶都能幸福快樂地生活和成長。

幸福寶是一隻熊貓，這裡我不想寫他是如何長大的，只想寫他剛剛成年的冒險故事。熊貓冒險的故事已經足夠吸引小朋友的目光了，但是身為一隻有故事的大象，我絕不會滿足隻寫一隻熊貓，我要構思出一個冰河紀波瀾壯闊的故事，於是熊貓一族應運而生——老頑固、鈴鐺、辣椒、鐵頭……老老少少，男男女女的，每隻熊貓都有自己的性格和特點。

無論什麼生命都有自己的規律和特徵，即使生命再短暫，也富有積極的意義。我將這些熊貓塑造成個性十足的傢伙。老頑固是一隻極為逗趣的老熊貓，總是自以為是，還有點狡猾，但是他的心中卻充滿了對熊貓一族的擔憂和關愛；辣椒，一隻面貌醜陋的母熊貓，但是心地善良，遇大事能決斷，性格乾脆俐落，好像一個女漢子；還有我們最可愛的主角幸福寶，他是一隻不斷歷經磨礪，越來越堅強的熊貓，最終成為拯救熊貓和世界的英雄。

熊貓屬於食肉類的哺乳動物，牠們的歷史很古老，大約八百萬年前已經生存在地球上。現存的很多大熊貓都以竹子為食，其實，很久以前熊貓是食肉的猛獸，而且據我個人的推斷，很久以前，熊貓的體積應該比現在更龐大。

當人類還是茹毛飲血的時代，熊貓很可能遍布大地，後來隨著生存環境的改變，動物的生活習性也發生了相應的變化，熊貓的生存環境逐漸縮小，成了地球上最珍貴的動物之一。

熊貓一族經歷了什麼殘酷的打擊，現今已經無人知曉，但是我隱隱感覺到，這或許和人類的進步有關，人類在不停地剝奪著動物的權利，侵佔他們的家園，於是熊貓獵人的構思在我的腦海裡誕生，我將熊貓獵人寫成一個頗具悲壯色彩的民族，因為人類愚昧的屠殺行為，將會導致自己的滅亡。人類應該和動物成為朋友，而不是敵人。

雖然我不是動物學家，《熊貓英雄》這套書也很難和科普扯上關係，但是我的文字裡面，還是暗含著一些科普知識。熊貓主要以氣味做為領地的標記，有的時候也會在樹幹上留下一些特殊的標記，用來警示其他的熊貓，這是熊貓有趣的手段。熊貓的視力不是很好，自從熊貓爬進高山竹林裡面生活，他們的視力已經逐漸退化了，變成了近視眼，於是熊貓有了靈敏的鼻子，這是他們防禦天敵的雷達。

除了熊貓，書裡還出現了一些可愛的配角。恐狼是重要的反派，真實的恐狼已經滅絕了，牠們大約生活在一萬年以前，形象有點像鬣狗，而且牠們的頭很大，四肢很細，咬合力驚人，有的時候吃腐肉。恐狼的智力不是很好，於是我把他們寫得不是很壞，和熊貓們是亦敵亦友的關係，常常犯錯，幹一些讓人覺得好氣又好笑的事。

說到反派，恐狼不是最邪惡的，更不是最壞的壞蛋，真正的威脅是煞姆人，因為煞姆人是外星人。《熊貓英雄》的主要故事，是幸福寶在神農爺爺及眾好友的幫助下，戰勝外星人的故事。

外星究竟有沒有生命，現在還不得而知，著名的科學家霍金曾經表示，假如存在外星生命，我們也不要盲目樂觀，外星生命不一定是抱著友好的態度來到地球的，也可能充滿了惡意。因為一個高度發達的智慧生命，很可能為了星際殖民前來探索地球。

所以，我將外星生命設定為反派角色，至於熊貓小子有哪些驚心動魄的旅程？熊貓小子如何大戰外星人？猩猩一族和熊貓一族究竟有什麼恩怨？還有最終的結局如何？你得慢慢看下面的故事了，相信大象的故事會讓你的閱讀精彩不斷。

目次

1 絕處逢生……20
2 水洞捉魚……29
3 古老傳説……41
4 天外來客……54
5 怪物……69
6 熊貓的反抗……80
7 空中激戰……92
8 一呼百應……105

9 冰封世界……115
10 真假大師……125
11 重逢……139
12 強敵……149
13 鯨魚和章魚……159
14 大章魚的故事……169
15 力量的傳遞……180
16 特別的力量……192
尾聲……202

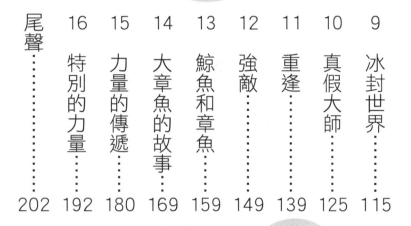

角色簡介

幸福寶

本書主角。個性勇敢善良，為了拯救熊貓一族而四處旅行冒險，大家常暱稱他為「熊貓小子」。

阿飛

色彩豔麗的鸚鵡，幸福寶的最佳拍檔。

知識淵博，聰明伶俐。和幸福寶在流浪的路上認識，一路走來，患難與共，彼此成了最好的朋友。

辣椒

幸福寶在熊貓谷的同伴。個性嗆辣，生著一口獠牙，黑色的瞳孔射出兩道寒光。

絕招是張開大嘴，用辣椒噴霧攻擊敵人。辣椒噴霧的味道又濃又衝，常熏得敵人眼淚鼻涕直流。

鈴鐺

幸福寶在熊貓谷的同伴。個性柔順，雪白的皮毛，圓圓的耳朵，眼睛散發著迷人的光彩，像永不墜落的星辰。

老頑固

熊貓谷的長者熊貓，是一位有智慧的熊貓爺爺，有著白色的短鬍鬚，兩隻濃濃的黑眼圈，彷彿蘊藏著無窮的智慧。

鐵頭

幸福寶在熊貓谷中的死對頭，特色是連岩石都能撞破的鐵頭功。

體型壯碩，個性兇狠，兩隻黑耳朵又圓又大，黑眼圈幾乎遍布整張臉孔，因為太常使用鐵頭功，使得腦袋常撞得一片瘀青，毛都掉光了。

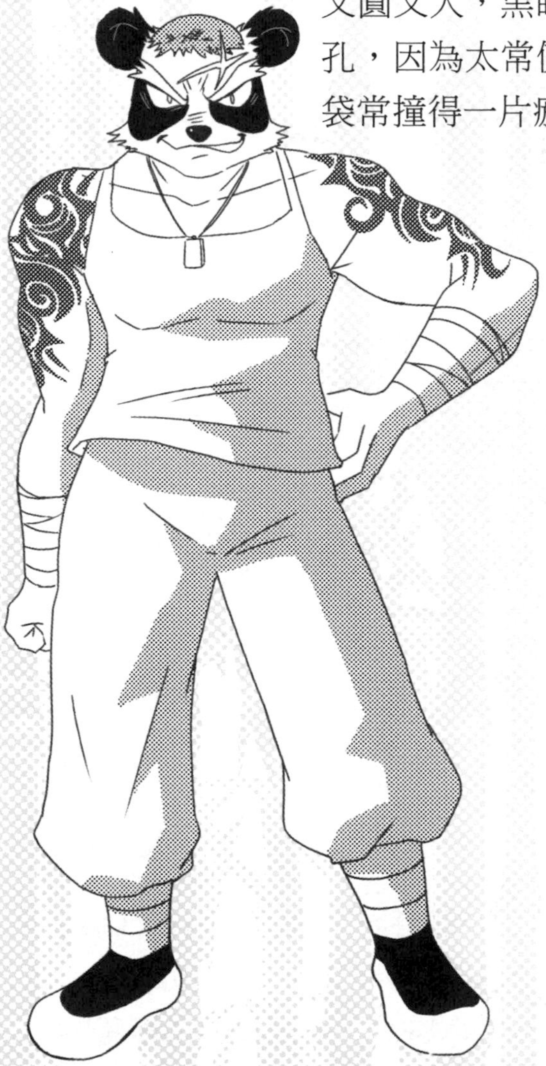

老虎

一隻沒有自信的老虎，天天受到劍齒虎們的嘲諷和譏笑，做什麼事情都沒有信心。直到遇到了第一個稱讚他的人——幸福寶，才慢慢發現自己的優點跟長處，並和幸福寶成為了好朋友。

野王

恐狼的首領。個性精明，嘴巴特長，獠牙鋒利，臉頰上佈滿傷疤，彷彿經歷過無數場惡戰。原本想吃了幸福寶，但陰錯陽差之下，和熊貓小子一起度過多場難關，變成亦敵亦友的關係。

血刃

野王的手下之一，對老大野王忠心耿耿。

詭刺

野王的手下，背上生著黑色條紋的恐狼，聲音尖細。

楔子

很久以前，地球上流傳著一個神秘的古大陸傳說，傳說地球上的陸地緊密相連，被海水團團包圍，大陸上生活著一些聰明的生命，或許他們並不是人類的祖先，但是他們開啟了地球上的生命與文明，後來，因為某種神秘的力量，那些生命銷聲匿跡，不過，他們並非是一些善良的生命，總有一天，這些邪惡而殘忍的傢伙將會捲土重來！

1 絕處逢生

幸福寶緩緩地甦醒過來，發現自己躺在一間翠竹搭建的茅屋裡，身下是一張溫暖的竹床。

茅屋不大，角落裡堆積著一些盆盆罐罐，那是些紅色或者白色的陶器，上面刻畫著奇怪而漂亮的圖案，有鳥獸魚蟲，也有江河湖海。幸福寶有點緊張，他晃動了一下大腦袋，從床上懶洋洋地爬起來，一股清新的泥土與山泉的氣息從窗外撲面而來。

這是一間充滿了陽光和溫暖的小屋，床前堆滿了各種鮮花和綠草。幸福寶的目光穿過一扇翠綠色的窗戶，發現外面是一座花圃，芳香撲鼻，姹紫嫣紅，奇花異草，爭奇鬥豔。

「你醒啦，幸福寶。」

正當幸福寶發楞的時候，一個面容和藹，慈眉善目的老人走到床前。他的眉毛和頭髮潔白如雪，一雙炯炯有神的大眼睛透射著智慧的光芒。老人拄著一根烏木杖，腰間別著一把寒光閃閃的小鋤頭。

幸福寶感覺白眉老頭親切無比，他叫了一聲：「爺爺，你怎麼知道我叫幸福寶？」

白眉爺爺說：「我不但知道你的名字，而且，我知道你很辛苦，萬水千山，歷經磨難，你是一隻好熊貓。」

「你聽得懂我說話？」

「我精通百獸的語言。」

幸福寶一躍而起，彷彿身上的傷全都好了，激動而結巴地說：「爺爺，你就是——」

「我就是你要找的神農。」

「可找到你了，神農爺爺。」

幸福寶撲到神農的身上，差點把神農爺爺撞翻在地，幸福寶說：「神農爺爺，救救熊貓一族吧。」

「放心好了，我全都知道了，情況很嚴重，人類和野獸面臨著巨大的挑戰！」神農慈愛地撫摸著幸福寶的耳朵，翻翻他的眼皮，讓他張開嘴巴，看看他的牙齒，幸福寶乖乖地照做了。

神農查看了一番，露出驚奇的神色：「熊貓小子，你真的很神奇，可怕的病魔並沒有喪失你的心智，這究竟是怎麼回事？」

幸福寶搖了搖大腦袋，他根本不清楚發生了什麼事情。

神農嚴肅地說：「紅恐症是一種古老的瘟疫，按照時間來推算，熊貓小子現在應該已經成了一具冰冷的屍體。」

「熊貓小子完蛋啦，怎麼可能？」窗外傳來鸚鵡的吵鬧聲，阿飛銜著一枝綠油油的花草飛進來，看見幸福寶平安無事，這才露出一個甜美的笑容。

幸福寶說：「阿飛，是你和神農爺爺救了我？」

阿飛說：「沒錯，在你墜下山崖的那一刻，鸚鵡悲傷極了，簡直是傷心欲絕。但

是後來，我實在悲傷的沒法子了，只有樂觀起來了，我想啊，熊貓小子是一隻幸運而神奇的熊貓，他肯定不會完蛋的，於是我飛到懸崖下面來找你，果然，熊貓小子被神農給救啦，你真是一隻幸運的熊貓啊！」

幸福寶一拍腦門：「哈哈，我想起來了，我掉進了一條洶湧的大河，然後抓到了什麼，好像是一條青藤，或者是一根樹枝，然後我——想不起來啦。」

神農接著說：「幸運的熊貓小子，雖然你在水中暈過去了，但是你正好漂流到我的獨木舟的前面，我正在捕捉一種稀有的魚，你破壞了我的計畫，我的魚沒抓到，卻抓到了一隻熊貓，你還真夠重的，我費了好大的力量才把你弄到岸邊，這個時候，阿飛來了，我們是老朋友，這以後的事情，也不用多說了，呵呵。」

神農的笑容散發著淡淡的光輝，阿飛說：「神農，這是命運的安排啊，我們苦苦地找你，卻找不到，沒想到熊貓小子卻被你救了。」

神農說：「其實，我已經知道紅恐症在人間傳播，我的族人也被染上這種可怕的瘟疫，我從來沒有像現在這樣束手無策過，我正用盡所有的智慧向這場災難發起挑戰。瘟疫並不可怕，可怕的是這場瘟疫是從哪裡來的？我有一種很不祥的預感，我們正被一個巨大的陰謀包圍著。」

幸福寶有點不懂神農的話，問：「神農爺爺，是什麼陰謀？」

神農的臉色有些青白，彷彿想起了一些難過而驚恐的事情，他說：「熊貓小子，根據古老的傳說，紅恐症曾經出現在幾千萬年以前，滅絕了龍獸，但是那個時候，人類還沒出現在地球上，這個傳說是如何流傳下來的呢？這裡面一定有問題。」

阿飛說：「你是說，幾千萬年以前，人類就已經在地球上出現過嗎？怎麼可能？」

神農好像想說什麼，但是欲言又止，他只對鸚鵡說：「阿飛，我去那條大河，是為了捕捉一種稀有的魚，這種魚非常狡猾，全身是白色的，白魚可以解百毒，紅恐症也是一種毒，我正在嘗試，用天下百草配和白魚，來根除紅恐症這種瘟疫！」

阿飛說：「妙啊，天下之物，一物降一物。」

神農說：「其實這種白魚也是一種毒物，不過牠能解毒，完全是以毒攻毒！」

「以毒攻毒？」幸福寶若有所思。

阿飛用翅膀抓著幸福寶的耳朵：「想什麼呢，熊貓小子？」

幸福寶說：「我已經被傳染上了，不如，你們用我來試驗吧？」

阿飛淡淡一笑，說：「熊貓小子，你真勇敢，不過，為了及早根除瘟疫，拯救野獸和人類，神農爺爺決定親自以身試藥。」

「啊！」幸福寶叫了一聲，對神農爺爺的崇敬之情無法表達。他看著神農爺爺的眼睛，瞳孔裡泛出一點淡淡的紅色。

神農的犧牲精神著實讓熊貓小子感動不已，這才是一種大愛！

「那還等什麼呢？」幸福寶說，「我們趕快行動吧，去找白魚。」

神農爺爺問：「熊貓小子，你的傷全好了嗎？」

「全好了，我可是隻神奇的熊貓呢！順帶一提，我的水性也是非常的好喔。」

阿飛說：「你是不是在吹牛？」

幸福寶說：「到了河裡，你就知道了。」

神農說：「好吧，熊貓小子，鸚鵡說你是一隻神奇的熊貓，我倒要見識見識，你究竟有什麼本事。」

神農帶著幸福寶、阿飛來到一條大河前，這條大河寬闊洶湧，波浪滔天。浪花在河心捲起一道道漩渦，翻湧的浪花擊打著岸邊岩石，發出咚咚的聲響，好像擂響的戰鼓。

神農和幸福寶來到大河岸邊，翻過一片陡峭的岩石，找到一處淺灘，在一片亂石堆裡，擺著一截粗大的木樁，大木樁的中心被掏空，裡面放著一隻粗糙的木槳，就成了一條簡單的獨木舟。

幸福寶還是第一次下河摸魚，神農說：「熊貓小子，這種白魚經過我的捕撈，變得越來越狡猾，你千萬小心，牠們可是很兇的呢。」

幸福寶呵呵一笑，露出得意而甜蜜的笑容。

神農用一條草繩拖起獨木舟，走向大河，蒼白的鵝卵石上映照下他蒼老的身影。這位老人白髮蒼蒼，他的力量在逐漸減弱，脊背也像月亮一樣開始彎曲，幸福寶有點心疼這位老人，他跑上前去，推起獨木舟。

神農轉過臉來：「你真是一隻懂事的熊貓。」

幸福寶沒說話，暗下決心，要幫助神農爺爺抓住那隻魚，而且他還暗暗許下一個心願，希望這條大魚能夠根除瘟疫帶來的禍患！

獨木舟被拖進河裡，在水面打起旋轉。神農跳進小舟，拿起木槳，奮力向河心划。對岸是一處茂密的森林，臨近河岸全是光禿禿的懸崖，爬滿了藤蘿和苔蘚，那些岩石泛著潔白的光澤，彷彿是一些巨獸的骨頭，在懸崖的深處裸露著一個陰森的洞口。

幸福寶浮在水面上，四爪踩水，用一顆大腦袋頂著獨木舟，在洶湧的河面飛快地前進，他將小舟弄得又平又穩，穿過河心向水洞靠近。阿飛先飛到水洞前面，倏地鑽進水洞，

浪花一翻，洞穴裡傳來一股寒冷而潮濕的氣息，隨著浪花翻起幾具幼小的白骨，然後緩緩沉入水底。

2 水洞捉魚

幸福寶有點心驚肉跳，無數次的歷險經驗告訴他，水洞裡隱藏著極其危險的傢伙。

獨木舟緩緩進入水洞，金色的陽光在水面投下一片暗影，洞穴裡陰森森的，讓幸福寶倍覺寒冷徹骨，他打了一個噴嚏。

阿飛寂靜地飛了回來，收起翅膀落在船舷一側，認真而低聲地說：「熊貓小子，注意，不要驚動那條狡猾的大魚。」

幸福寶急忙揉了揉鼻子，看見神農趴在獨木舟的一側，整理手上的一張大網，這是一張用粗麻編制的大網，網眼大得能鑽過一隻青蛙，這樣的魚網能抓住魚嗎？

正當幸福寶覺得神農的辦法有點笨拙的時候，陰暗的洞穴深處，滾起一片翻騰的水花，水花形成一個極大的漩渦，差點把獨木舟弄翻，水花拍打著洞口的石壁發出澎湃的轟鳴。

阿飛叫道：「大魚要出來了，熊貓小子看仔細了。」

神農的臉色無比緊張，他努力將獨木舟停靠在岩石的邊緣，穩住船身，然後從腰間拔出一把磨得鋒利的石刀，雙眼如同燃燒的火炬，一眨不眨地盯著黑沉沉的水面。

幸福寶想在神農爺爺面前顯露一手，因此長呼一口氣，一頭潛進水中，好在河水清澈，雖然水面上漩渦滾滾，水面下暗流湧動，但是幸福寶的水性奇好，他的身體很胖，但是靈活而柔韌，像一隻黑白色的胖頭魚，朝著水洞深處遊去。

一股暗流向幸福寶湧來，河水好像一面銅牆鐵壁緩緩地推了過來，幸福寶在水中小心地瞧著，一條黑影分開水浪在黑暗中現身了，搖頭擺尾，攪得水面動盪不安。

幸福寶好吃驚，這哪裡是什麼白魚，分明是一隻怪物，洞口那些堆積的骨頭，可能都是這隻怪物吃剩下的殘渣！

怪物有一隻小牛大小，渾身長滿白色的鱗片，即使在昏暗的洞穴裡，亮白色的鱗片也閃閃發光。怪物睜著一對死氣沉沉的眼睛，留著兩條黑色鬍鬚，威風凜凜地飄盪在水中，血紅色的嘴唇裡面佈滿了雪白鋒利的牙齒，最可怕的是，這隻怪物還生著兩隻細小的爪子，好像漆黑的鉤子，彷彿比鷹爪還要鋒利！

不管那是不是一隻魚，幸福寶已經向怪物衝了過去，但是怪物一發現這個黑白肥胖的目標，好像發現了獵物，居然也衝了過來。

沒有嚇倒獵物，幸福寶縱身出水，深深地吸了一大口清新的空氣，拚命地向水洞外遊去，同時用後爪玩命地打水，發出嘩嘩嘩的水聲，擾亂怪物的聽覺和視線。

幸福寶游向魚網，他打算吸引怪物自投羅網，用魚網先把怪物困在裡面，然後和神農聯手，將怪物生擒活捉。

阿飛盤旋在幸福寶的頭上，生氣地大叫：「熊貓是英雄，不要逃跑。」

幸福寶很鬱悶，阿飛難道不知道，熊貓小子是在誘惑怪物嗎？轉念一想，心中大樂，原來鸚鵡在幫助自己誘惑怪物呢，呵呵。

眼看游到魚網前面，幸福寶故意放慢速度，等著怪物上鉤，可是幸福寶沒想到的是，神農的手腳並不是很有力，在收網的時候，手有點顫抖，當怪物撞進魚網的時候，魚網傾斜了一下，怪物猛烈地掙扎起來，神農緊緊抓住魚網，獨木舟在水面劇烈地搖晃起來，差點把神農給拽到水裡。

幸福寶見勢不妙，急忙站到水中，準備給怪物點厲害瞧瞧，怪物還在掙扎，而且力量極大，一股一股的暗流形成一片漩渦，幸福寶信心十足，掄起爪子朝著怪物的腦袋上一頓亂拍。

這招是幸福寶跟老虎學的，水花亂顫，幸福寶有多大勁使多大勁，隨著怪物的掙扎，從水面打到水下，再從水下打到水面，直到覺得疲憊才停下爪子，浮上水面。

水洞裡暫時平靜下來，寂靜無聲，盪漾的水波平靜下來，幸福寶盯著水下的魚網。怪物翻了過來，露出灰白色的肚腹，爪子和魚鰭軟軟地垂在水中，不時地顫抖一下，好像快要死了。

怪物漸漸地向水面上漂去，幸福寶正要去抓怪物的尾巴。

水花一閃！啪！

怪物驀地又甦醒過來，睜開一雙凶光四射的眼睛，甩起大尾巴，狠狠地抽中了幸福寶的下巴。

幸福寶向水底沉去，一時間頭重腳輕，幸福寶告訴自己要鎮定，他在水裡打了一個滾，馬上清醒過來，後爪一蹬向水面上浮去。

怪物正向神農發起兇猛的進攻，甩動大尾巴猛烈地擊打著船舷一側。神農和這隻怪物交戰過多次，他絲毫不亂，一邊用身體平穩住獨木舟，一邊抽出石刀，在怪物的尾巴上這戳一下，那捅一刀，但是怪物的尾巴佈滿厚厚的鱗片，很難給怪物造成更嚴重的傷害。

怪物非常的狡猾，他沒有理會從後面撲上來的熊貓小子，而是專心致志地對付神農，要把這個捕捉他的白鬍子老頭，弄到水裡吃掉，因此不顧一切地衝向神農，從水中探出身體，張開大嘴，朝著神農的脖子咬去！

阿飛發現情況緊急，立刻朝著怪物的腦袋俯衝下來，用堅硬如鉤的嘴巴，攻擊怪物的眼睛，這是他唯一可以進攻的地方。

神農、熊貓、鸚鵡，在水洞裡面展開車輪大戰，神農和幸福寶一個船上，一個水中，一前一後將怪物弄得暈頭轉向，疲於應付。

打了一會，神農和熊貓的配合越來越默契。等怪物一轉身，幸福寶攻擊怪物的尾巴，等怪物撲向幸福寶，神農舉著石刀專門砍怪物的腦袋。阿飛則在浪花中穿梭自如，他成為夥伴們最好的掩護，每當怪物的腦袋想露出水面時，他就猛啄怪物的眼睛。

時間一長，怪物的鬥志漸漸消沉，轉身向水洞深處游去，雖然傷痕累累，但是現在怪物只想著如何逃命了。

幸福寶來不及追趕，只好在後面抱住怪物的尾巴，怪物也是累極了，居然連搖晃尾巴的力量都懶得使出來，尾巴一捲，拖著幸福寶，頭也不回地鑽進寒流中。

驀地，寒光一閃，神農跳進水中，在怪物的尾巴下面，狠狠地刺了一刀，刀鋒劃開一道血淋淋的口子，怪物全身痛得猛地抽搐起來，一口咬住神農的刀鋒，神農也不抽刀，就用刀鋒在怪物的嘴裡一陣亂攪，弄得一片殷紅色的波浪在水面盪漾，幸福寶趁勢抓起怪物的尾巴，大力一掀，把這怪物翻了過來，灰白色的肚子露在水面上，阿飛大喜，落到軟滑的肚皮上大叫著：「幹掉你，我非要幹掉你，死怪物，臭怪物，瞧瞧鷚鵡的厲害！」

怪物痛得一翻眼皮，嚇得鷚鵡張開翅膀，飛了出去，其實怪物已經沒有力氣反抗了，神農的石刀刺進怪物柔軟的腹部，怪物在水花中扭了幾下，雙眼便凝固不動，隨著一片散開的血跡，緩緩浮出水面。

神農滿身疲憊地爬上獨木舟，將怪物的屍體拖上獨木舟，然後拿起木槳，划起小舟出了水洞。

洞穴外陽光燦爛，幸福寶在後面推著小舟，滿心都是勝利的喜悅，水洞裡的寒冷一掃而光。他們穿過翻滾的激流回到岸邊。等到把獨木舟和怪物拖上河岸，幸福寶已經累壞了，神農也坐在一塊石頭上劇烈地喘息。

幸福寶仔細地瞧著這隻怪物，怪物嘴裡的牙齒寒光閃閃，他問：「神農爺爺，這是個什麼怪物？」

神農將怪物從頭到尾看了三遍，說道：「我很確定，牠是一隻魚。」

幸福寶呵呵一笑，看來，見多識廣的神農也不知道怪物的來歷，正當幸福寶和神農研究這條怪魚的時候，河岸的樹叢裡隱藏著三個小傢伙，是三隻小熊貓，小白、小黑、小花。

三隻小傢伙已經餓了好多天了，這個時候發現幸福寶和一個老頭抓了一條大魚，三隻熊貓實在忍不了，流著口水從密林中殺了出來，大叫著：「熊貓小子，快點滾開，熊貓要吃肉，熊貓是吃肉的猛獸！」

三隻小熊貓不顧一切地跑了出來，瞪著散發著淡紅光澤的紅眼，想把幸福寶嚇跑，但是幸福寶並沒有跑，而是跳上一塊大石，四隻爪子如同樹根一樣，抓著岩石，抖動全身的肥肉，這些日子以來，他恢復了強壯的身體，他在展示自己的力量。

幸福寶一發威，嚇得三隻小熊貓轉身就跑。

阿飛衝了過去，大叫道：「小熊貓們不准跑，給我站住，不然的話，有你們好看，嘿嘿！」

三隻小熊貓被鸚鵡嚇得呆立在原地，一動也不敢動，阿飛噗哧一笑，飛落在小白的頭上，這三個小傢伙，倒是三隻聽話的熊貓。

幸福寶隨後趕到，他拿出老大的氣勢，站在三隻小傢伙的面前，嚴肅地問：「你們三個，還想和我過招嗎？」

三個小傢伙搖搖大腦袋，他們在幸福寶面前，好像小不點一樣，而且幸福寶是他們心目中的英雄，三隻小熊貓露出馴服、溫順和討好的模樣。

幸福寶說：「那好，我問你們，自從我離開熊貓一族，你們究竟發生了什麼事情？」

幸福寶的話一問完，小花哇地一聲哭了出來，他在三隻熊貓裡面膽子最小，而小白的膽子最大，小黑的眼圈也跟著濕潤了，抽抽搭搭的，像一隻母熊貓。

小白說：「自從你離開以後，熊貓們本來過著無憂無慮的生活，但是那隻大龍和大鳥突然出現了，他們兩個聯合起來對付熊貓，我們打不過他們，只好成了他們的幫兇，因為我們都成了紅眼，嗚嗚。」

幸福寶接著問：「那其他的熊貓呢，現在在哪裡？」

小白戰戰兢兢地說：「被抓了，全被抓走了！」

「什麼？」

幸福寶和阿飛同時大吃一驚，阿飛用翅膀砸在小白的腦袋上說，「你倒是快點說呀，熊貓們被誰抓走了，是紅眼獵人，還是異特龍，急死我啦。」

小白結結巴巴地說：「不，不知道，當你墜入懸崖之後，天空出現了一個大怪物，抓走了所有的熊貓，連大龍也被捉去了。」

「怪物？」阿飛吹著口哨，怪笑道：「熊貓小子，最近怪物很囂張啊，到處都有怪物出現，泰坦鳥、異特龍、大怪魚，難道地球上要興起一個新時代嗎，怪物時代要來臨了嗎？」

「亂說，龍獸橫行的時代已經一去不返了。」神農走過來說道，他看著三隻小傢伙，眼睛中充滿了慈愛的光芒。

小白大著膽子問：「幸福寶，他是人類，他怎麼可以聽懂野獸的語言。」

幸福寶說：「你們三個小笨蛋，他就是神農爺爺。」

「神農爺爺太神奇啦，熊貓一族終於有救啦。」三隻熊貓歡雀躍，好像渾身又充滿了希望和力量。

神農說：「你們三隻小熊貓，不要緊張，神農爺爺來問你，你們看清楚那個大怪物是什麼樣子了嗎？」

小白說：「大怪物會噴火。」

小黑說：「還會發出閃電，像一個大月亮。」

小花說：「還能吞雲吐霧，肯定是一個大妖怪。」

神農說：「那怪物是不是很大，當光芒消失的時候，會發出銀色的光輝，而且速度極快，來無蹤去無影。」

「是呀，熊貓一族根本不是那個大怪物的對手，我們只看見一道奇光閃過，熊貓們都不見了，異特龍還想和大怪物搏鬥，一道閃電劈中了他的腦袋，異特龍立刻癱軟在地上，不肯起來了。」

「接著，一道奇異的光芒照在異特龍身上，把他給變不見了，我還以為大龍很了不起，現在看起來，那傢伙簡直太遜了。」

「那個怪物實在太大了，差點把我們給抓住，後來我們跑啊跑啊，忽然摔到一條陰溝裡去了，這才逃過一劫。」小白說的時候，渾身顫抖，兩隻爪子捂住眼睛，彷彿經歷了一場可怕的噩夢。

小黑說：「那個大怪物還生了很多小怪物，我們從沒見過那些小怪物的模樣，全都是醜八怪，大腦袋，身上長滿了枝枝杈杈的，走起路來都嫌麻煩和囉嗦。」

阿飛聽著三隻熊貓的陳述，站在小白的腦袋上沉思著，他很想表現一下自己的見多識廣，可是三隻熊貓的話讓他起了懷疑，因為他實在想不出，那個怪物究竟是個什麼東西，因此恫嚇一聲：「你們三個小笨蛋，是被嚇迷糊了吧。」

神農說：「阿飛，或許他們說的是實話，你們跟我來。」說完，神農從腰間解下一條編織好的繩子，將怪魚的嘴巴穿起，拖起怪物向棲身的小茅屋走去，那裡是一座小山峰，隱藏在茂密的叢林裡。

3 古老傳說

神農並沒有回到原來那間茅屋，而是穿過茅屋，沿著後山的一條小徑，把熊貓們帶進一個隱秘的山洞中，洞口鋪滿了落葉和雜草，覆蓋著密密的藤蘿，非常的神秘而隱蔽。

神農用石刀劈開藤蘿，帶著熊貓們走進山洞，絲絲縷縷的陽光將洞穴裡照耀得一片輝煌。

小白小黑和小花立刻尖叫一聲，嚇得臉色慘白，渾身顫抖，摟抱在一起，彷彿彼此安慰著，結結巴巴地說：「熊貓小子，神農是大怪物派來的奸細！」

幸福寶說：「胡說，你們不要大驚小怪。」

「真，真的，沒，沒騙你！」小白伸出一隻爪子指著洞穴裡的石壁。幸福寶看見石壁上刻著一些壁畫，那是一些奇怪的畫面，上面用黑色線條勾勒出一個陌生而新奇的物體，那東西好像在天空中飛行，圓圓的扁扁的，下面還有圓形的視窗，有什麼東西在裡面窺視著外面的世界。這個物體大得無法形容，因為下面的山峰，幾乎像螞蟻一樣渺小，這個發現讓幸福寶驚駭不已。

神農說：「你們一定很奇怪是不是，這些岩洞裡的壁畫為什麼和三隻熊貓描述的怪物有些相似之處。」

幸福寶說：「沒錯，這裡面一定隱藏著什麼秘密。」

阿飛瞧著那些壁畫很不順眼，因為那個東西沒有翅膀，也可以在天空飛翔，這是對鳥類的侮辱，他衝到石壁面前，用嘴巴狠狠地啄了兩下，結果自討苦吃，嘴巴被堅硬的石壁磕得生痛！

神農說：「阿飛，你不要鬧，這個大怪物的來歷一點都不簡單，關係到地球上所有生命的生死存亡！」

阿飛立刻收起翅膀，落到神農面前，聆聽他的講述。

神農說：「很久以前，地球上流傳著一個神秘的古大陸傳說，傳說所有的陸地是緊密相連的，曾被海水緊緊包圍，大陸上生活著一些具有極高智慧的生命，或許他們並不是人類的祖先，性情也並不善良，好勇鬥狠，喜歡侵略，這些生命將地球上的生命當成奴隸，他們在幾千萬年以前，就來到了地球上。」

幸福寶張著大嘴，啊了一聲：「幾千萬年以前，那不是龍獸橫行的時代嗎？」

神農說：「沒錯，其實那些龍獸不過是他們的寵物，他們把那些龍獸當成奴隸，但是生命有自己的法則與規律，當那些龍獸覺醒，並且開始反抗他們的時候，也走上了被滅絕的命運！」

「難道不是流星撞擊地球使龍獸滅絕的嗎？」阿飛說：「這個說法很古老了，難道有什麼不對嗎？」

神農說：「沒錯，是有一顆流星撞擊了地球，但那是邪惡的陰謀，撞擊之後，大陸上開始散播紅恐症瘟疫，於是，地球上的龍獸滅絕了，當然，肯定會有一些漏網之魚。」

小黑說：「神農爺爺，你說來說去，這些恐怖的生靈難道沒有名字嗎？」

神農說：「他們當然有自己的名字，他們有一個統一的，邪惡的名字，叫做煞姆人。他們懼怕陽光，因此穿戴著遮擋陽光的盔甲，或者披上斗篷出來行動，好像會使用魔法的巫師。他們有高度的智慧，還有邪惡而強大的武器，在龍獸滅絕以後，煞姆人離開地球，隱藏到了某一顆星星的深處，但是他們還沒死心，期望著有一天捲土重來。」

「那煞姆人為什麼會在龍獸滅絕以後，離開地球呢？」

「因為龍獸滅絕以後，地球的環境相當惡劣，漂浮的火山灰像雲層一樣佈滿天空，撞擊造成的火山、海嘯，各種災難接踵而至，地球上的物種基本屬於滅絕狀態，煞姆人從沒有想到會給地球帶來如此巨大的破壞，他們已經無法繼續在地球上生存，因此才會離開地球。」

幸福寶問：「紅恐症是煞姆人使用的壞招嗎？」

神農點了點頭：「沒錯，那是煞姆人研究出的一種致命武器。」

幸福寶又問：「煞姆人是不是有解藥？」

神農說：「當然。」

幸福寶說：「這樣說來，煞姆人又回到地球來了，我們熊貓一族有救了。」

阿飛冷哼一聲：「熊貓小子，不要想得那麼天真，煞姆人是邪惡的化身，不會輕易把解藥送給熊貓的，除非熊貓成為他們的奴隸。」

「我們不要當奴隸，我們要做自由的熊貓。」小白叫喊著，正悄悄地把一塊魚肉填進嘴巴。

原來，這三個小傢伙趁著大家議論的時候，實在餓得難受，已經圍著怪物剝皮抽筋，開始吃肉了，阿飛只好維持秩序，大叫一聲：「你們三個小壞蛋，不要偷吃。」

三隻小熊貓哪裡聽得進去，小花整個嘴巴咬住怪物的骨頭，喀喀地啃了起來。

神農呵呵一笑，對阿飛說：「算了，阿飛，讓他們吃吧，這三隻小傢伙其實很有趣，他們吃不完這隻大魚，反正我也需要用這條怪魚來入藥，他們正好幫了我的大忙。」

等小白、小花、小黑吃得累了，神農才用石刀割下幾塊白色的魚肉，把魚肉和一些藥材放進一個紅色的陶罐，然後又拾了一些樹枝，鑽木取火，把陶罐放在火焰上烹煮。

篝火燃燒起來，陰冷的洞穴竄起一縷熊熊火光，三隻吃飽的小熊貓嚇了一跳，他們懼怕火焰，向洞外跑去。幸福寶並不是很怕火，但是對火焰心存敬畏。神農對他擺了擺手，叫幸福寶過去。

幸福寶走到火焰前面，覺得無形無影的火焰像一個陰險無情的巫師，熱浪滾滾，難以接近。

火苗不停地跳動，隨著山風搖擺。

神農說：「熊貓小子，不要恐懼，火焰不過是一種力量，和閃電、風雨、驚雷一樣，是大自然最奇妙的力量。」

幸福寶向火焰靠近了一點，小白在洞外大喊：「熊貓小子別過去，火焰會把你燒成灰燼。」

神農說：「洞外的膽小鬼聽著，火焰其實一點也不可怕，可怕的是你們內心的恐懼，當你們心生恐懼的時候，你們對於陌生的東西就會感到害怕，你們必須克服這種內心的影響，你們要把火焰也想成一種力量，好像你熟悉的爪子一樣，來吧，熊貓們，都圍繞過來，感受一下火焰的溫暖。」

在火焰的炙烤下，幸福寶覺得全身在出汗，神農說：「熊貓小子，你需要多出點汗，你在刺骨的寒水裡待得太久了，如果不用火焰將骨頭裡的寒氣驅趕出來，每到陰天下雨，你的骨頭裡會有千萬條小蟲在爬，瘋狂地咬你的骨頭，那種痛苦會伴隨你的一生，直到你死去。」

幸福寶嚇了一跳，神農坐在陶罐前，正用一根木棍，不停地攪拌著烹煮的東西，渾身大汗淋漓。阿飛趴在一塊石頭上，琢磨那些壁畫，而陶罐在火舌的舔噬下，很快沸騰起來，發出汩汩的聲音，飄出一股濃郁的香味。

過了一會，神農用一根尖銳的木棍，戳起一塊煮爛的白肉，朝著幸福寶一丟：「接著，熊貓小子，這可是難得的美味。」

幸福寶接過滾燙的白肉，模仿神農的樣子，吹了吹熱氣，然後放進嘴裡，怪魚的肉很細嫩，不過除了草藥味，沒有什麼特別的味道。

神農卻吃得津津有味，彷彿那味道鮮美極了，幸福寶讚不絕口，讓洞口的三個小傢伙垂涎三尺。

小白說：「味道好香，我只有在夢裡才聞過這種味道。」

小黑伸出舌頭抿了一下流淌出來的口水，說：「你們瞧啊，有那麼好吃嗎？看熊貓小子笑咪咪的樣子，他可是熊貓中的第一貪吃鬼，肯定好吃得不得了呀！」

小花痛苦地摸了摸自己的肚子，後悔自己剛才吃得太多了，很難再吃下一塊肉，因此難過起來，簌簌落淚。

三隻熊貓實在經不住美味的誘惑，悄悄地走進洞來，挨個坐在幸福寶身旁，張開嘴巴等著神農餵食，不過他們還是有點怕火，乾脆閉上眼睛，用舌頭在鼻子上亂舔，那情景可愛極了。

神農還真是不厭煩地舉著小棍子，一口一口地把那些肉食輕柔地餵給這些熊貓。

阿飛嘆息一聲：「我真是服了你們這些小傢伙。」

洞穴裡溫馨極了，好像是快樂幸福的大家族。幸福寶愜意地享受這短暫而美好的時光。

這個時候，一大片危險的陰影掠過山峰，穿過山坡上的綠蔭，這些陰影忽然發現了神農的茅屋，然後迅速佔領了這片茅屋，搜查一翻，沒有什麼收穫，立刻沿著茅屋後面的小徑，向洞穴這邊摸索而來。

幸福寶第一個感覺到了獵人的氣息，他低聲叫道：「有獵人，是熊貓獵人的氣息。」

神農立刻將篝火撲滅，飛快地跑到洞口，用亂草藤蘿將洞口隱藏起來，幸福寶一邊幫忙用泥土把篝火的灰燼掩埋住，一邊招呼三隻小熊貓，去幫神農隱蔽洞口。

雖然如此，篝火散發出的嫋嫋青煙還是吸引了幾個獵人，探頭探腦地向這邊走來。

幸福寶透過濃密的枝葉，看見這些獵人腰間的黑白獸皮，他小聲地說道：「是熊貓獵人。」

阿飛悄聲說：「這幫無家可歸的傢伙，完全是瘋了，走到哪搶到哪。」

神農說：「我聽說過這些獵人，這也不能完全責怪他們，他們的家園被毀滅，驚恐、不安、災難一直伴隨著他們，等他們過來，你們不要動，由我一個人來應付。」

小白、小黑、小花，立刻藏在神農身後，像石頭一樣，紋絲不動。幸福寶則做好和神農並肩戰鬥的準備。

他們剛把洞口藏好，一個獵人好像發現了什麼，手持長矛走過來，幸福寶緊張極了，阿飛並沒有怕，咬著幸福寶的耳朵，悄悄地說：「熊貓小子別怕，神農在這裡，如果獵人敢舉起長矛，我會咬掉他的耳朵！」

幸福寶微微一笑，那個獵人好像並沒有發現，而是咋咋呼呼，用長矛這刺一下，哪刺一下，神農一動不動，鎮定地說道：「你們不要輕舉妄動，我想我們可以躲避過去。」

幸福寶覺得神農的眼神忽然一變，兩隻眼睛一眨不眨地瞪著前方，一對黑色的眸子如同煥發出迷人光彩的寶石，而且眼珠的顏色，瞬間全部變成漆黑的顏色，彷彿是黑色深邃的夜空，無窮無盡。

那個獵人走到洞穴前，向枝葉的縫隙裡探看的時候。神農做了一個危險的動作！神農將面前的藤蘿掀開，與這個獵人面對面，獵人張開嘴巴，正要驚呼一聲，忽然臉上的肌肉鬆弛下來，眼神也變得一片朦朧，嘴巴輕輕地合在一起。

神農直瞪著獵人的眼睛，輕聲細語，只用低低的聲音，喃喃地說：「你看不見我，你看不見我，你看不見我！」

躲藏在神農身後的三隻小熊貓，嚇得滿頭大汗，不知道神農爺爺是不是在欺騙自己，他們三個閉上眼睛，寧願看不見這些兇惡的獵人，或者把這些獵人想像成一隻隻插著羽毛的野雞。

幸福寶對神農的話深信不疑，他彷彿受到某種神秘力量的影響，有那麼一會，他覺得神農就是一棵大樹椿。這時，神農已經放下藤蘿，用手摸著幸福寶的耳朵，輕聲說：「好啦，獵人已經走了。」

幸福寶不相信地睜開眼睛，那個手持長矛的獵人果然走遠了，好似什麼都沒有發現。

幸福寶被眼前的一幕驚呆了，獵人的表情一臉茫然，獵人變傻了嗎？當同伴問獵人有沒有發現的時候，獵人搖搖頭，默默地走開了。

獵人的身影逐漸遠去，阿飛長長地出了一口氣：「我還以為，又有一場惡戰呢。」

幸福寶問：「神農爺爺，這是什麼魔法？」

神農神秘一笑：「熊貓小子，這不是什麼魔法，是催眠術。」

「催眠術？什麼是催眠術？」

神農說：「就是一種讓人類進入睡眠狀態的方法，因為人類的意志比較薄弱，所以有時候使用催眠術，可以取到意想不到的效果。」

三隻小熊貓一聽，這絕對是神奇的法術，如果學會這種奇妙的魔法，以後再也不用害怕被獵人追殺啦，他們趕快圍攏過來，要跟神農爺爺學習催眠術。

神農皺著眉頭，用手在三隻小熊貓的腦袋上每個敲了一下，說：「你們三個好吃懶做的小熊貓，你們學不了這種本領。這需要意志堅定，內心強大的熊貓才能學習。」

幸福寶機靈地問：「爺爺，我能學習嗎？練好本領，我就可以去解救熊貓一族了。」

「好好。」神農眉開眼笑，他正有此意，將催眠術傳授給一隻勇敢的熊貓，這將為野獸的智慧開創新的意義。

4 天外來客

接下來的日子變得趣味橫生，神農在洞穴裡傳授熊貓小子催眠術，小白、小黑、小花也留下來，跟著熊貓小子一同學習。

神農說的沒錯，小白三個很努力地學習催眠術，但是今天學，明天忘，好吃懶做，閒散玩樂，沒有一個能學得下來的，只有幸福寶堅持下來，可是好景不長，十幾天以後，危險來臨了。

那是一個豔陽高照的午後。

幸福寶和阿飛在一座大山的山巔，找到一塊光滑如鏡的石壁，幸福寶站在石壁前，按照神農傳授的方法刻苦訓練。

神農對幸福寶說：「練習催眠術的方法很簡單，從自己做起，催眠自己，因為當你施展催眠術的時候，最大的障礙就是自己，如果連你自己都無法催眠的話，更不要說給人類和野獸催眠。」

阿飛雖然很尊敬神農，但是他對神農的話不以為然，熊貓對自己催眠，簡直是開玩笑，熊貓本來喜歡睡覺，練著練著睡著了，這叫什麼修煉，但是阿飛沒敢說出來，只是在一旁叮囑幸福寶，必須勤加練習，不要學那三個小傢伙，動不動就呼呼大睡。

因此，幸福寶在山巔找了這樣一塊地方，能夠照見自己影子的大石頭，他站在石壁前，認真地盯著自己的影子，他的眼睛像黑色的寶石一樣，散發著迷人的光彩，然後集中意志對著石壁裡的影子，轉動眼神，心中默念：熊貓熊貓，快快閉眼，熊貓熊貓，快快睡覺！

練了一會，好像不行，要是平時，幸福寶在這個陽光溫暖的午後，自己會找個陰涼的草窩，懶洋洋地睡上一大覺，可是現在他怎麼也無法入睡，腦袋裡想的全是熊貓一族，老頑固、鈴鐺、鐵頭，還有辣椒，真想他們啊，不知道他們被捉到哪裡去了？

這樣想來想去，幸福寶想得快要睡著的時候，金色的陽光忽然變得陰暗起來，一大片烏雲從太陽升起的方向，順著連綿的山脈滾滾而來，任憑山風猛烈地呼嘯，也吹不散這片濃重的雲層。

雲層在地面形成一大片黑暗的影子，幸福寶眺望著那片雲朵，對鸚鵡說：「阿飛，雲層裡面有古怪。」

阿飛問：「熊貓小子，你是怎麼看出來的，難道你是千里眼，能穿雲破霧？」

幸福寶說：「很簡單，你看看天空的雲朵都是在不停地變化，隨風而動，變化無形，而那片黑雲始終都沒有變化，怎麼能不奇怪。」

阿飛點了點頭，說道：「你的意思？」

「會不會是煞姆人，還有他們的大怪物？」

阿飛驚叫道：「熊貓小子你很聰明，鸚鵡也是這麼想的，你快快隱蔽起來，鸚鵡要上去瞧瞧，這傢伙是怎麼一個厲害法。」

「你要小心。」幸福寶叮囑道。

阿飛振翅高飛，衝向那片黑雲。

幸福寶弄了點枝葉，放在一塊大山石的前面，然後爬進石頭下面的縫隙裡，用樹葉蓋住腦袋。做好偽裝，他瞧著阿飛的身影，心裡莫名地緊張起來，只見鸓鵡飛著飛著，忽然一閃，立刻蹤跡不見了。

幸福寶的心裡一陣毛骨悚然，鸓鵡凶多吉少，他急忙爬出縫隙，向神農藏身的茅屋飛奔，但是他沒有跑出多遠，那片黑雲已經覆蓋住整個山頭，溫暖的空氣驟然下降，四周變得寒氣逼人，一道雪亮的光芒照在幸福寶的身上，他抬頭一望，熾烈的光芒讓他難以睜開眼睛。

站在黑雲下方，幸福寶終於看清了黑雲裡面的秘密，那裡面隱藏著一個巨大的怪物，混身全是銅牆鐵壁，遠遠看起來好像一枚圓圓的月亮，上面雕刻著各種古怪的花紋和符號，那些花紋，他好像在神農的小屋裡見到過。

雪亮的光芒變成一道粗粗的光柱，一個黑影從光柱裡緩緩而落，幸福寶嚇了一跳。

煞姆人！

一點沒錯，肯定是小白他們說的怪物——煞姆人！

煞姆人比人類要略高出一個頭，不過這傢伙的腦袋和熊貓的差不了多少，神農說過，他們穿著鎧甲，沒錯，那應該是頭盔，渾身的鱗片閃閃發光，而且從身體兩側伸展出好多枝枝葉葉，分不清楚那是他的爪子，還是手臂。

幸福寶預感到，煞姆人是不懷好意的，因此格外小心，只見煞姆人向前探了探戴著頭盔的大腦袋，然後一擰身體，展開身體兩側的枝葉，彷彿章魚的觸手一樣向幸福寶抓來，還發出「滋滋」的怪叫。

幸福寶向後一退，不等觸手沾到自己，立刻拔腿狂奔，但是大怪物的肚子下面忽然亮起一道道光柱，如同大怪物的肚子上睜開了一隻隻怪眼。

兩道光柱閃耀之後，幸福寶的面前同時出現了兩個煞姆人，他們張開紛紛飛舞的觸手，前來捉拿熊貓小子。

幸福寶左躲右閃，忽見兩個煞姆人的觸手纏繞在一起，渾身泛起一道白色的閃電，一同摔在地上，暈了過去。原來觸手上有魔法，那些「滋滋」作響的聲音，全是白色閃電發出的顫音！

一瞬間，無數道光柱籠罩大地，在光柱中現身的煞姆人更是不計其數，他們將幸福寶團團圍困起來，發出「嘶嘶——」像蛇一樣的叫聲，幸福寶心驚膽顫，那些煞姆人的叫聲，他居然可以聽懂，或許，這些煞姆人也精通野獸的語言。

一個煞姆人大叫：「別讓熊貓小子跑了，這隻熊貓是熊貓一族裡的英雄，抓住這隻熊貓，可以使所有的熊貓屈服！」

「抓住他，據說這隻熊貓非常有研究價值，他吃了不少名貴的花草，這隻熊貓將給我們的研究帶來新的啟發！」

另一個煞姆人說：「沒錯，他或許知道神農的下落，只有神農才能解除瘟疫，抓住神農，將地球變成一個奴隸星球，恢復煞姆人的輝煌時代！」

「抓住熊貓小子，活捉幸福寶，投降吧，熊貓小子！」

「注意，大頭領說，熊貓小子，要捉活的！」

整個山頭喊聲四起，震動天地！

幸福寶已經無路可逃，他望著蜂擁而來的煞姆人，感覺逃跑的機會相當渺茫，因此抱定一條決心，要把這些煞姆人拖在這裡，能拖多久，就拖多久，要給神農爺爺留下逃跑的希望。

幸福寶依舊拿出看家的本領，四爪一收，下巴緊貼著胸膛，全身抱成一團，他走的是下坡路，所以，他非常的有自信，也不管誰來阻擋，像個肉球似的，朝著山下滾。

一個煞姆人跑到最前面，想把幸福寶攔住，可是幸福寶快得像一陣風，從他身旁滾過，煞姆人有點瞧傻眼了，沒想到熊貓小子還有這一手，因為煞姆大頭領已經傳下命令，不准傷害幸福寶，只准捉活的，這可讓煞姆人犯了愁，心中還在猶豫的時候，熊貓小子已經滾出老遠了。

幸福寶這一次長了點逃生的經驗，他不是沿著直線滾動，而是繞著彎地滾，煞姆人撲向東，他滾向西，煞姆人撲向西，他拐向東，總是叫煞姆人撲空，眼看著熊貓小子逃出包圍圈，那些煞姆人發出一聲聲惱怒的嚎叫。

一個聰明的煞姆人埋伏在土坑裡，準備伏擊幸福寶，幸福寶沒有發現這個卑鄙的傢伙，他朝著土坑一路滾去，土坑的後面是一片茂密的竹林，那裡才是熊貓的天下。

埋伏好的煞姆人悄悄地伸出觸角，像翠綠的樹葉從地面上升起，這是一種奇異的偽裝，好像變色龍一樣，能隨意改變身體的顏色。

幸福寶沒有看清，一頭撞了上去，一道白光閃耀，幸福寶被電得飛了出去，正好落在一根翠竹上。

偷襲的煞姆人高興得哇哇大叫，跳起來向竹子跑去，他要等熊貓墜落的時候，抓住熊貓去請賞，結果等了一會沒什麼動靜，抬頭一瞧，熊貓小子正趴在竹子的頂端，得意地搖晃起竹子來了。

後面又跑來兩個煞姆人，連同剛才的煞姆人，三個人組成一個三角，圍住竹子，仰起頭，發出「嘶嘶——」的竊笑，等著幸福寶堅持不住的時候，從上面掉下來。

幸福寶微微一笑，用力將竹竿壓得彎彎的，然後再一鬆，竹竿像一張被繃緊的弓，將幸福寶射了出去，劃出一道優美的弧線。

「熊貓小子像狐狸一樣狡猾！」

「熊貓小子會飛！」

「抓住這隻會飛的熊貓！」

隨著幸福寶盪漾在空中，煞姆人在下面發出一陣惡毒的叫聲，幸福寶哈哈大笑：

「怪物們，熊貓小子去也！」

話音未落，一道閃電從黑雲中發出，彷彿一道犀利而巨大的刀鋒，電光一閃，消失不見，但是竹林裡彷彿翻天覆地似的，無數翠竹應聲而斷。

幸福寶感覺不妙，他抓住一根竹竿，順著竹竿向下面溜去，喀嚓，竹竿應聲而斷，好像是一把無形的大刀，將整座竹林削去一半。

幸福寶溜到地面，將煞姆人甩在身後，出了這片竹林，前面是一道瀑布，幸福寶打定主意，他要順水而逃。

幸福寶飛快地來到瀑布前面，水聲隆隆，他正要跳水，忽然身旁傳來神農的聲音：

「熊貓小子，我要是你，絕不會跳下去。」

幸福寶回頭一看，神農爺爺和三隻小熊貓正飛快地趕了過來，他正覺得有些奇怪，神農已來到他的面前，用腳尖一踢，一塊小石子飛了出去，落進河心，但是沒有一點聲音，連一道浪花都沒浮起。

神農說：「熊貓小子，這道瀑布是假的，是煞姆人用很厲害的魔法製造出來的，如果你跳進去，就會自投羅網。」

幸福寶用爪子撓了撓大腦袋，煞姆人真是狡猾而陰險的傢伙，可是怎麼才能逃出煞姆人的魔爪呢？

「跟我來。」神農說著，便帶領四隻熊貓，轉身向西邊跑去。

西面是一條溪谷，一條小溪在林中盤旋，若隱若現，流淌在兩座大山之間，高大的樹木陰森而漆黑，終年都籠罩著一層慘澹的霧氣。

熊貓們鑽進一片密林，林中生長著高大的桫欏或者雲杉，盡頭是濃密而低矮的灌木，和一片直拔雲霄的山崖，山崖向前傾斜，猶如一隻還未張開雙翅的雄鷹。

山崖下聳立著一些巨大的岩石，神農帶著熊貓們在岩石的縫隙中穿過，曲折而行，一直走到懸崖的最深處，那裡有一個人工開鑿的洞窟，相當的隱蔽，鑽進洞裡，吹來一絲涼爽的山風。

神農說：「熊貓們，這裡是一個隱蔽的好地方，藏在這裡不會被煞姆人找到。」

小白、小黑、小花都說好。

當神農問起阿飛的時候，幸福寶說，阿飛可能被煞姆人抓去了。

神農安慰幸福寶說：「好吧，阿飛是隻機敏的鸚鵡，你們不必為他擔心，他會很好地照顧自己，我擔心的是另一件事。」

「什麼事？」

神農慈愛地撫摸了一下幸福寶的大腦袋，緩緩地說道：「熊貓小子，這是一件危險萬分的事，我必須去做，你們留在這裡，如果三天後，我還沒有回來，你們必須離開這裡，再向西走，永遠不要回來。」

神農的話與其說是叮囑，更像是一種訣別，他的臉色很嚴肅，三隻小熊貓拚命地點頭，好像很聽話的樣子，接著，神農走進洞穴的最深處，幸福寶默默地跟在後面，洞穴深處擺著一塊方形大石，除此以外，別無它物。

神農走到大石前面，用手輕輕地撫摸了一下上面堆積的灰塵，薄薄的一層灰塵四散盪漾，散發出晶瑩閃亮的光芒，接著幸福寶看到了最不可思議的事情，方形大石發出一股熾熱的氣息，一點點銀色的光芒從裡面燃燒起來，沿著石頭上的花紋遊走，最後整塊大石上都佈滿了漂亮的銀色絲線，出現了一些古怪的符號，每個符號都有熊貓爪子大小，神農伸手在那些符號上拍了幾下，大石悄然無聲地像花朵一樣盛開。

原來，這是一個石匣。

幸福寶探頭向石匣裡看去，裡面只是放著一根普通的木棍，還有一張古怪的面具。神農戴上面具，將木棍拿在手中，洞穴裡頓時充滿了凌厲的殺氣，神農渾身都好似充滿了力量，面具後面，露出一對精光四射的眼睛。

幸福寶覺得神農爺爺好像變成了一個勇敢的戰士，無所畏懼，所向披靡！

石匣緩緩地閉合，漂浮在空氣中的銀光般的絲線，還有精緻的花紋與石頭，全部消失不見。小白、小黑、小花，全瞧傻眼了，他們從沒遇見過這麼詭異的事情，他們拚命地搖晃著大腦袋，嘴裡嘟囔著：「這不是真的，這不是真的，完全是一場夢啊。」

神農拍了拍幸福寶的肩膀，轉身離去，他的動作快如獵豹，朝著洞外跑去，但是幸福寶還在回味神農爺爺的叮囑，等他醒悟過來，神農的身影完全消失在林蔭中，遠方響起了一陣隆隆的號角聲，那隻懸浮在半空的大怪物，正吞雲吐霧向這邊緩緩移來。

小白、小黑、小花還在哆嗦著問：「熊貓小子，這世界真是太可怕了，神農爺爺也會魔法嗎？」

幸福寶說：「你們別瞎說，神農爺爺很勇敢，他為了掩護我們，犧牲自己，你們看到沒有，空中的大怪物已經停止了飛行。」

幾隻熊貓趴在洞口，順著石頭的縫隙向天空眺望，果然，那隻大怪物簇擁著黑色的雲團，停在前面不遠處的一個小山坳上空。

山坳裡塵土飛揚，好像正在激戰。幸福寶有些焦急，一定是神農和煞姆人打起來了，神農爺爺可是勢單力薄啊。他說：「小白、小黑、小花，跟我來，我們得去給神農爺爺幫忙！」

小白尖聲叫道：「熊貓小子，你傻了嗎，神農爺爺叫我們藏在這裡，不是出去白白送死的。」

小黑和小花低著腦袋，一聲不吭，很顯然，他們不想去送死。

幸福寶瞧了瞧這三隻小熊貓，並沒有責怪他們，他說：「是我錯了，我不應該讓你們跟我去冒險，你們三個才是熊貓一族的新希望，好好地留在這裡，一有風吹草動，立刻隱藏起來，等我回來，如果我一去不返，你們要學會照顧自己，學會團結，懂嗎，三個小傻瓜。」

「嗯，明白。」三隻小熊貓拚命點頭，不用跟著幸福寶去拚命了，他們開心極了。

幸福寶說：「等你們再長大一點，你們會明白，有很多事情，一味的逃避不是最好的選擇，有些時候，你得勇敢地迎接挑戰。」

話音未落，幸福寶已經扭動肥胖的身軀，像一縷清風朝著山坳飛奔，只剩下三隻小熊貓，孤伶伶地留在洞穴裡，感到一陣陣陰森的氣息，三隻小熊貓不由得摟抱在一起，不停地顫抖。

5 怪物

幸福寶一口氣跑出好遠，可是急中出錯，他跑錯了方向，他一直跑到一座懸崖前，這才停下腳步。

整個山坳的面貌展現在幸福寶眼前，那是一道筆直的懸崖，一座漫圓形的山谷，天空黑雲滾滾，山風呼嘯而過。

山谷裡正在激戰，神農是一位真正的勇士，前來圍攻的煞姆人紛紛倒地，神農的神勇簡直無人能敵，他將手裡的棍子舞動，那真是一件神奇的武器，光芒閃閃，威力驚人。但是降落在山坳裡的煞姆人太多，那些被擊倒的煞姆人，又從地上爬起來，繼續圍攻神農。

幸福寶大吼一聲：「神農爺爺，熊貓小子來啦！」喊了兩聲，沒有什麼回應，更沒有煞姆人注意到懸崖上站著一隻熊貓。

幸福寶再次揚起腦袋，對著藏在烏雲中的大怪物大吼：「熊貓小子來了，快點出來，熊貓小子想要痛痛快快地打架！」

但是大怪物藏在烏雲中一動不動，根本不理他，幸福寶想要另找一條路，衝下山坳，但是來不及了，神農被十幾個煞姆人團團圍住，或許是神農的力量已經鬆懈下來，被煞姆人一哄而上，抱腿的抱腿，摟腰的摟腰，那根神奇的棍子被奪了下去。

棍子離手，神農瞬間變得蒼老無比，再沒能力反抗，被煞姆人生擒活捉，一道光柱在地面掃過，押解著神農的煞姆人消失不見。

幸福寶看著那些大怪物發射的光柱一閃一閃，地面上的煞姆人一一消失，估計是被大怪物收回肚子裡去了，烏雲向這邊緩緩移動，速度逐漸增快，幸福寶萌生了一個大膽的想法，他估算了一下距離，向後面退去，等到足夠衝刺的距離，他抖了一下全身的肌肉，集中渾身的力量，飛一般地衝向懸崖，在衝出懸崖的剎那，大怪物的肚子下面射出最後一道光柱，那道雪亮的光柱，包裹著一個煞姆人正在飛快地升到半空。

幸福寶在空中全身一縮，變成一個飛行的肉球，朝著毫無防備的煞姆人砸去。

砰！幸福寶的力量足夠強大，撞到煞姆人身上的時候，他用爪子輕輕一踢，煞姆人的身體脫離了光柱，發出一聲嘶啞的尖叫，從空中墜落下去，而幸福寶則被雪亮的光柱包裹住，他覺得有一股神奇的力量，正帶著他飛向大怪物，一扇圓形的艙門無聲無息地打開，幸福寶被吸進大怪物的肚子裡。

艙門閉合，光柱將幸福寶輕柔地放在一條通道的入口，然後消失不見。

幸福寶發現大怪物的肚子裡靜悄悄的，面前這條通道好長，像一根大管子，那些煞姆人全都不見了，四壁是堅硬的石頭，雕刻著古怪的花紋，但是這些並不是黑色的石頭，這些東西比石頭更堅硬，更冰冷，他見過類似的東西，在流星墜落以後，曾經一小塊，一小塊地流淌到地面上，然後冷卻，凝結，變成這樣的石頭。

幸福寶順著長長的管道向前摸索，爬來爬去，他發現自己竟然迷路了。

這些管道彼此相連，縱橫交錯，不知道通向什麼地方，有些地方聳立著一些冰冷的機器，閃著光芒，發出嗡嗡的聲響，讓幸福寶頭痛欲裂！

幸福寶感歎，停泊在半空中的大怪物真的好大，肚子裡能裝下一整座山脈。

最後，幸福寶好不容易找到一個出口，前面出現了一絲奇異的光線，幸福寶爬過去一看，砰，腦袋撞在一層透明的水晶牆上，原來是一條死路，磕得他的大腦袋生痛，幸福寶透過水晶牆看去，在大怪物的肚子中央，聳立著一座金光燦燦的神壇。

神壇是梯形的，向上高高聳立，上面安放著一張嵌滿鑽石的寶座，煞姆人大頭領正坐在上面，他沒戴頭盔，披著一件綠色長袍，長袍上繡著金絲，手裡正拄著神農爺爺的棍子，他的臉難看到了極點，像一張充滿褶皺的樹皮，毛髮稀少，像是狗尾草一樣耷拉在耳朵的兩側，雙眼發出墨綠色的凶光！

神農站在煞姆大頭領面前，像是一個奴隸。

煞姆大頭領好像在和神農說些什麼，但是有水晶牆壁的阻隔，幸福寶根本聽不清楚，於是，幸福寶只好拍打著水晶牆壁，希望煞姆人發現自己，但是他又一次失望了，水晶牆壁又厚又硬，沒有一個煞姆人發現這隻熊貓，他們的目光都集中在神農的身上。

幸福寶覺得自己該做點什麼，他沿著原路返回，發現一條寬敞的岔路，於是毅然走了進去，裡面陰森森冰冷冷，燈光昏暗，一陣陣怪味撲鼻而來，讓幸福寶差點窒息。

驀地，一道黑影閃過，又像煙霧一般消失。

這裡簡直可怕極了，幸福寶鼓足勇氣繼續探索，前面竟然瀰漫起一片濃濃的煙霧。幸福寶走進煙霧裡，他已經分不清東南西北，只覺得四面都是煙霧，完全看不清道路，只好趴在地上，屁股撅得老高，向前摸索，忽然一條涼冰冰的東西纏繞在他的脖子上，幸福寶說：「小蛇啊，我是熊貓小子，沒時間和你開玩笑，我要去救好朋友，懂嗎，十萬火急啊！」

但是脖子上那條冷冰冰的東西並沒有鬆開，而是一緊，直接把幸福寶從煙霧裡提了起來，好像騰雲駕霧一樣，瀰漫的煙霧瞬間被一張大嘴吸得一乾二淨，幸福寶終於清楚地看見，原來纏繞在自己脖子上的不是一條蛇，而是一條怪獸的尾巴。

這條尾巴由細到粗，長長的一條，安在一隻巨大怪獸的屁股上面，青色的尾巴上泛著白色的花紋，這隻巨獸正用奇異的眼神瞧著幸福寶，他的嘴巴很大，有點像一隻鱷魚，而身體又肥又大，和異特龍的肚子沒什麼區別，四個巨大的爪子像是四根巨大的石柱。

幸福寶可以肯定，這是一隻龍獸，但是這隻龍獸有點與眾不同，因為他的脊背上覆蓋著一層柔韌的肉膜。

一個低沉的聲音像打雷一樣，在幸福寶耳邊響起：「你是一隻熊貓？」

「嗯，沒錯，我叫幸福寶。」

「幸福寶，這名字好聽，你不害怕我嗎？」

「不怕。」

「你幹什麼來啦？」

「搭救我的朋友，還有熊貓一族，我要和這些壞蛋拚了！」幸福寶揮舞著兩隻爪子，「刷刷」生風。

「呵呵，你很勇敢啊，熊貓小子，很可惜啊，那些膽小鬼熊貓都沒有你這樣的勇氣，你實在是熊貓一族的榜樣啊。」

幸福寶歡喜地問：「你見過熊貓一族？」

「是啊，不久之前見過，可是現在我也不知道他們被關在哪裡，這裡是關押囚犯的牢籠，我們是煞姆人的奴隸和囚犯。」

幸福寶問：「你有名字嗎，大怪龍？」

「有啊，我的名字叫禦風，你也可以叫我禦風使者，我已經被煞姆人關押了五百年了。」

「啊？」幸福寶吃了一驚，這隻大怪龍好像都可以做老頑固爺爺的爺爺的爺爺啦。

禦風嘆息一聲，說：「我們神龍一族的壽命大概是兩千歲，我很小的時候被這些煞姆人抓住了，他們是星際中的強盜、小偷、卑鄙的偷獵者，他們四處搶劫，掠奪資源，抓捕各種生物進行實驗，簡直是一群壞蛋。」

「等等。」幸福寶懷疑地問，「星際在哪？」

「星際是星星們生活的地方，很大很大，每到晚上他們會出來活動，發出絢麗而迷人的光彩，釋放著生命的力量。」

「星際有地球大嗎？」

禦風使者咯咯地笑了：「熊貓小子，看來你還真是孤陋寡聞啊，我告訴你，如果星際是一片海洋，那地球則是海洋裡的一粒沙。」

幸福寶睜大了眼睛，他見過海洋，但是沒法想像星際究竟有多大，禦風使者的尾巴一展，將幸福寶放在地上，說道：「我甚至可以告訴，連我們都是星星製造出來的，所以，我們的生命裡流淌著星星的勇敢，繼續前進尋找你的朋友吧，不要管我。」

幸福寶這才看清楚，禦風使者的脖子上套著一個大圈圈，隱隱閃動著銀色光澤，好似某種魔法在禁錮著神龍的力量，禦風使者被關押在一個巨大籠子裡，讓他無法逃脫。

幸福寶對著大龍說：「熊貓小子一定會回來救你的，我保證。」

禦風使者哈哈一笑：「快點走吧，小熊貓，我來掩護你，不讓煞姆人發現你的蹤跡。」一說完張大嘴巴，向幸福寶背後噴出一道濃煙。

濃煙瀰漫了管道，幸福寶大膽地向前走，發現兩邊都是大大小小的籠子，關押著各種奇形怪狀的野獸，有些見過，有些根本都沒有聽說過，有的是三個腦袋，六隻爪子，不像地球上的生命。有的傢伙甚至不懷好意地看著幸福寶，想嘗嘗熊貓肉的味道，嚇得幸福寶急忙跑了過去。

最後，幸福寶來到一個大籠子前面，這個巨大的籠子，一點也不比關押禦風使者的籠子小，裡面黑不隆咚，全是熊貓。

熊貓們無精打采的，正在牢籠裡睡覺，他們不知道未來的命運是凶是吉，老頑固悶聲不響地坐在熊貓的中間，不停地嘆息，正為這些熊貓的懦弱而憂傷著。

鈴鐺、辣椒、鐵頭正趴在老頑固身邊打鼾，辣椒忽然睜開眼睛說：「熊貓小子，有熊貓小子的味道。」

她這樣一喊，把鐵頭和鈴鐺給驚醒了，鐵頭很不高興地說：「辣椒，你做夢呢，熊貓小子已經完蛋了，還想他呢，這個幸福寶真是熊貓一族的惡夢啊，連覺也不讓睡了。」一說完，伸出爪子，捂著一雙大耳朵，又開始睡覺。

老頑固說：「你們不要驚慌，老頑固夜觀天象，熊貓的救星就要出現了，他會救我們離開這裡的。」

其實，這是老頑固安慰熊貓們的話，他已經說了九百九十九遍了，在這暗無天日的監牢裡，哪來的星星，熊貓們完全對老頑固失望了。

這個時候，幸福寶來到籠子前面，他以極大的熱情喊道：「熊貓們，我來了！」

熊貓小子！幸福寶！

籠子裡的熊貓們立刻沸騰起來，睜開眼睛，露出悲喜交加的光芒，好像昏暗的牢房裡亮了起來。

熊貓們擁擠到欄杆前面，盯著幸福寶，發現他一點也沒受傷，反倒是有點胖了，雙眼之中神采奕奕的。一隻熊貓好像盼到了救星，搖著欄杆大叫：「熊貓小子，你來得正好，快點把我們救出去，快點，不然的話，我要揍你的鼻子！」

老頑固在鈴鐺和辣椒的攙扶下，分開眾熊貓，走到欄杆前，看著幸福寶說：「熊貓小子，你的回歸，讓我看到了新的希望。」

幸福寶瞧了瞧牢籠的鐵門，鐵門上什麼也沒有，沒法開啟，幸福寶一不做二不休，他用嚴厲的語氣警告那些熊貓們退後，熊貓們眨著眼睛向後退去，鴉雀無聲。

幸福寶攢足力氣，一頭向欄杆上撞去，砰，撞了一個滿天星，跌坐在地上，大腦袋裡嗡嗡直響，把幸福寶的眼淚都痛出來了，用爪子一摸，好在沒撞破頭皮，只是隆起兩個大包。

「嘿，熊貓小子，加把勁啊。」一隻熊貓大叫，其餘的熊貓也跟著起哄。

幸福寶穩了穩心神，他覺得用頭撞，不是一個好辦法，他來到欄杆前面，開始用牙咬，不過是白廢力氣。

正當幸福寶束手無策的時候，身後響起一聲熟悉的嚎叫：「熊貓小子，是什麼讓你昏了頭，這個牢籠是用一種堅硬的金屬打造的，絕不是使用蠻力就可以打開的。」

幸福寶扭頭一看，咯咯地笑了，原來在對面的黑暗角落中，還有一個小籠子，籠子裡面困著三隻恐狼。

6 熊貓的反抗

野王說：「熊貓小子，煞姆人把我們裝進籠子的時候，可沒像你這樣拚命，在籠子的旁邊有一個圓盤，上面刻著古怪的符號，煞姆人在上面按了幾下，牢門才會打開。」

幸福寶靈機一動，神農打開石匣的那一幕，如同電光石火在他的腦海裡亂閃，他向著籠子旁邊看去，牆壁上果然有一個大盤子，上面雕刻著某種奇怪的符號。

幸福寶感覺自己找到了開門的法寶，他歡喜地來到大盤子前面。大盤子有一人多高，幸福寶即使人立而起，一雙短胖的前爪，還是搆不到那個圓盤。老頑固說：「熊貓小子，這是煞姆人設置的機關啊，難道你還能破解機關，那你可不是熊貓，是妖精啦。」

幸福寶可不聽老頑固的嘲笑，他站在圓盤下，一竄一竄，可還是搆不著，急得滿頭大汗，忽聽野王說道：「熊貓小子，你怎麼變蠢了呢，你先把我們解救出去，然後踩著恐狼的肩膀，不就可以構到了嗎，真笨。」

幸福寶轉憂為喜，轉過身跑到小籠子面前，站在小籠子的邊緣，剛好可以搆到圓盤，他的腦海裡浮現出神農開啟石匣的過程，那記憶清晰無比，彷彿可以看到神農敲擊每個字元的順序。

而現在瞧瞧，那些字元在圓盤上有好些和石匣上的符號是一模一樣的。

「快點呀，熊貓小子，別磨磨蹭蹭，懶洋洋的，難道你打不開嗎？」詭刺忍不住喝道。

血刃說：「來吧，熊貓小子，我對你有相當大的信心。」

其實，三隻恐狼並沒有那麼好心，他們對熊貓小子一點也沒有信心，他們根本不相信熊貓小子，能打開這些設置了密碼的牢門。

三隻恐狼還在暗自琢磨，要是熊貓小子能夠開門，那真是創造奇蹟了！

於是，奇蹟在三隻恐狼的眼前發生了——

幸福寶伸出爪子，拍在圓盤的符號上，模仿著神農的動作一一拍下，當最後一個符號按下之後，關押著恐狼的籠子發出轟地一聲，籠子的鐵門悄然而開。

三隻恐狼發出一聲長嚎，竄出籠子，重獲自由以後，三隻恐狼的眼角都樂出了淚花。

幸福寶盯著他們的眼睛，忽然驚喜地問道：「怎麼，大狼，你們全好了嗎？」

野王、詭刺、血刃，三隻恐狼的眼睛沒有半點血紅的顏色，而是透著冷冷的黑白光芒。

野王低著頭說：「煞姆人已經治癒了我們的紅恐症，不但我們好了，你看看那些熊貓，他們也好得差不多了。」

幸福寶再回頭看看熊貓，鐵頭竄了過來，在籠子裡大叫道：「沒錯，是煞姆人把瘟疫治好了，因此我們要發誓成為他們的奴隸，一生一世，永不食言。」

好幾隻大熊貓點頭道：「是啊，是啊，煞姆人治好了我們的病，我們願意成為他們的奴隸。」

詭刺嘿嘿一笑：「愚蠢的熊貓，居然相信那些騙子的鬼話。」

「你才是騙子呢。」兩隻大熊貓向恐狼們翻白眼，恐狼們也很不服氣，向著熊貓們歪脖子咧嘴。

雙方的氣氛有點僵持，而且大有水火不容的氣勢。一隻大熊貓叫道：「熊貓小子，快點把我們放出去，我們要給他們點顏色瞧瞧！」

「來吧，誰怕誰！」血刃叫道。

野王則笑咪咪地說：「幸福寶，我勸你不要打開熊貓的牢門，這些傢伙願意成為奴隸，還放出來幹嘛。」

詭刺說：「還是不要放出來了，這些熊貓很愚蠢，煞姆人即使治好了你們，也絕沒安好心，這點都看不出來，真是一群傻熊貓啊！」

熊貓們急了，一個個抓著欄杆，大聲地斥責幸福寶，說他勾結恐狼，吃裡扒外。

幸福寶嘆息一聲，對這些熊貓的智慧，他算是徹底服了，不過熊貓們並不都是頭大無腦的。

熊貓中忽然響起一個清脆的聲音：「熊貓們，給我安靜！」說話的是辣椒。她一張嘴，噴出一股辣辣的味道，熏得熊貓們雙眼痛紅，好像又犯了紅恐症。

熊貓們霎時間安靜下來。

辣椒繼續說道：「恐狼說的有道理，如果煞姆人真是善良的生命，他們不會把熊貓一族關在這裡，他們是在欺騙我們，你們不覺得少了兩隻熊貓嗎，恐怕他們已經——」

「不會吧？」鐵頭問：「如果是壞蛋，為什麼要治好我們的紅恐症？」

「笨蛋，因為他們害怕被紅恐症傳染上，所以利用聽話的熊貓，讓更多的野獸上當，來當他們的奴隸，沒有比恐狼更清楚他們的野心了。」野王說。

熊貓們沉默了，在他們的生活裡，從來沒有考慮過如此複雜的問題，雖然熊貓的腦袋很大，但是在野獸中卻是出了名的頭大無腦。

幸福寶說：「大狼說的好，紅恐症就是煞姆人釋放的，否則的話，他們怎麼可能輕易把你們治好呢。」

熊貓們恍然大悟，恐狼也大吃一驚，這一點，他們倒是沒有想到，野王此刻表現出狼王的風度，他低著頭，走到幸福寶身邊，示意幸福寶爬上他的肩頭，幸福寶很感動：「辛苦你了野王。」

「別老是婆婆媽媽的，快點吧，你可知道，我這雙鐵肩從沒有被一隻熊貓踐踏過。」

詭刺和血刃低著頭走過來，把肩膀湊到一起，相互間頂著腦袋說：「老大，我們有福同享，有難同當，熊貓小子可不輕啊，我們得替你分擔些重量。」

幸福寶不再猶豫，他爬到恐狼的背上，站在三隻恐狼的肩頭，伸出爪子去搆那個圓盤，只聽血刃在下面提醒他說：「熊貓小子，你注意點，我知道熊貓能吃能拉，我可不想腦袋上弄兩坨熊貓的便便。」

幸福寶根本沒聽見，全神貫注地按著那些奇怪的符號，雖然他不明白其中的奧妙，但是這難不倒一隻熊貓英雄。

牢籠的門一開，熊貓們如潮水一般湧出。老頑固伸了伸彎曲的脊背，淚眼婆娑地說：「孩子們，自由的感覺真好啊。」

「別得意得太早了，我們現在還在大怪物的肚子裡呢。」野王說：「熊貓們，現在我們要團結起來，給煞姆人一點厲害瞧瞧。」

沒有一隻熊貓贊同恐狼的提議，他們現在只想著逃跑，因為他們知道，煞姆人的武器比任何一隻巨獸的牙齒和爪子都要厲害！

幸福寶掛念著神農爺爺的安危，他不想帶這些熊貓去找神農，那樣只能壞事，他要把這些熊貓送到安全地帶，然後再去找神農，於是順著原路，帶著熊貓們返回。

辣椒和幸福寶並肩走著，問：「熊貓小子，你有什麼打算？」

幸福寶說：「我打算把你們帶回我進來的地方，那裡都是艙門，還有各種光，或許能把你們送出去。」

「你真是一隻天才熊貓。」辣椒伸出舌頭，在幸福寶的臉頰上親了一下，好幾隻大熊貓都捂著嘴偷笑，弄得幸福寶怪不好意思的。

「給我安靜！」野王惡聲叫道，他把腦袋貼在地面上，閉起一隻眼，另一隻怪眼大瞪著，咬牙說道：「大概有六七個傢伙，他們正向這邊來，越來越近，熊貓們，別高興得太早，煞姆人已經發現我們逃跑啦！」

正說著，六個煞姆人衝了過來，這時的煞姆人沒穿鎧甲，露出一副古怪的嘴臉，他們的腦袋很大，嘴很小，瞪著一雙墨綠色的眼睛，兩隻後腿可以直立行走，好像佈滿鱗片的爪子，手臂則像章魚一樣舞動。

血刃非常勇敢，第一個向煞姆人發動攻擊，他快如閃電，撲上去咬煞姆人的脖子，煞姆人伸出手臂，長長的觸角像鞭子一樣抽了過來，血刃當然加倍小心，頭一低，屁股上被抽了一下，火辣辣地痛。

但是，煞姆人低估了這些野獸的力量，他只看見恐狼的進攻，卻忽略了熊貓。鐵頭一點也不含糊，一頭從後面撞倒了這個煞姆人。

野王和詭刺正圍著另一個煞姆人轉動，這個傢伙害怕了，扭頭就跑，另幾個煞姆人也想跟著逃跑，這下熊貓一族可來了精神。

輪到熊貓發威了，辣椒先竄到一個煞姆人面前，張嘴一噴，煞姆人被熏得淚眼汪汪，眼前什麼都看不清楚，兩隻大熊貓順勢把他拽倒在地，一個騎頭，一個騎尾，老頑固爬上去，伸出兩隻爪子左右開弓，一頓大耳光，直接把這個煞姆人打暈過去。

煞姆人跑的跑，暈的暈，熊貓們暫時取得了一個小小的勝利，這個勝利卻極大地鼓舞了熊貓的士氣。

老頑固神色莊重而嚴肅，大喊道：「老頑固擊敗了這個怪物。這些壞蛋，我老頑固饒不了他們！哼哼！」

但是野王深知熊貓們的脾氣，大吼一聲：「別吹牛了，快點跑吧，這裡這麼大，又有這麼多密道，隨便藏在哪個角落，都夠煞姆人找上一天半日。」

躲貓貓？

沒錯，大狼提出的這個建議真是好，所有的熊貓跟著一起跑，目標實在是太大了，幸福寶說：「熊貓們，我們要和煞姆人玩躲貓貓的遊戲。」

話音剛落，野王又是神經質地向地上一趴，大聲叫道：「安靜。」

熊貓們楞楞地看著他，野王倏地竄了起來，後面跟著詭刺和血刃，他撒腿狂奔，同時叫道：「煞姆人來了，好多好多煞姆人，我們玩不起了，熊貓們，快點跑吧。」

果然，隨著野王的叫聲，地面輕微地震動起來，前面掠過一片黑影，伴隨著整齊的腳步聲，全副武裝的煞姆人出現了，一排排一行行，帶著頭盔，身披鎧甲，手持盾牌，邁著整齊的步伐，像一面銅牆鐵壁，向著熊貓們走來，幾隻大熊貓奮勇地撲了上去，但是他們的爪子被盾牌擋了回來。熊貓們向後退，煞姆人氣勢洶洶地逼近，要把熊貓趕回牢籠。

鐵頭怒火沖天，大叫一聲：「既然跑不了，我可要大幹一場了。」說完，他用爪子向旁邊的一個小籠子上面猛擊，發出啪啪的聲音，嚇得籠子裡的幾隻小水獺蜷縮成一團。

鐵頭的發狂，倒是讓幸福寶想到一個妙計，既然熊貓和恐狼的力量有限，不如把這裡的囚犯都放出來吧，他大吼一聲，叫道：「熊貓們，跟我學。」他用爪子在鐵籠旁的圓盤上按了幾下，籠門刷地開了，幾隻小水獺驚喜地竄了出來！

熊貓們的模仿力很強，瞧見幸福寶的動作，都明白過來，籠子原來是這樣開啟的，一時間紛紛效仿。

幸福寶撲向一隻大籠子，裡面裝著一群長尾葉猴，幸福寶把葉猴們放了出來。不等幸福寶吩咐，這些猴子很聰明，而且抓耳撓鰓，迫不急待地展開行動，他們模仿熊貓小子的動作，見籠子就開，他們先放出了一些大傢伙，黑犀牛，還有幾隻猛瑪象，這些野獸全是煞姆人的囚犯，不過更可怕的在後面，那些猴子玩得更瘋，連不是地球上的東西也給放出來，三個腦袋，六條腿，八隻爪子的，什麼奇形怪狀的都有。

這一下煞姆人措手不及，除了長尾葉猴，還有小巧的狐猴、靈敏的金絲猴、獮猴、長臂猿、黑猩猩、狒狒，等等，這些身手靈活的傢伙，完全佔據了通道的上空，從上面向煞姆人發攻勢。而河馬、大象、犀牛、鱷魚、獅子、鬣狗、野牛則在地面上衝鋒。煞姆人搜集了好多物種，想製成標本，但是沒想到是自討苦吃，更可怕的是那些外星生物，有些是好不容易才捉住的，此刻各顯神通，比地球上的野獸不知勇猛多少，通道裡瞬間變成了一邊倒的態勢。

犀牛在前面開路，猴子搶奪煞姆人的武器，其餘的野獸一擁而上，發洩著對煞姆人的仇恨，狹窄的通道裡，叫聲鼎沸，煞姆人簡直是望風而逃，連三隻恐狼都殺了回來，大叫著：「衝啊，殺啊。」不過他們還是很狡猾地藏在一隻大象的後面，不肯賣力。

7 空中激戰

煞姆人退到最後一個牢籠前，便不再後退，而是玩命地反撲，幾隻衝鋒在前的犀牛都受了傷。煞姆人開始團結起來，不再單獨做戰，幾個煞姆人好像章魚一樣，黏在一頭大象的身上，把這隻大象放倒在地，老頑固爬到一隻雙峰駱駝的身上，吆喝著駱駝快跑，他以前從沒見過駱駝，駱駝的性格溫柔，並沒有把老頑固從脊背上趕下去。

忽然一大片黑煙瀰漫了所有野獸的視線，煞姆人在黑煙裡也是一片迷茫，辨不清楚東南西北。

幸福寶奔向那片黑霧，那是禦風使者噴出濃濃的煙霧，他正在掩護熊貓們，讓煞姆人在煙霧中變得一團混亂。

為了最後的勝利，必須將禦風使者釋放出來，幸福寶很勇敢地衝了過去，大叫著：

「禦風使者，熊貓小子來啦。」

煞姆人似乎洞悉了熊貓小子的意圖，守住禦風使者的牢籠，好像是取得勝利的關鍵。五名煞姆人前來攔截熊貓小子，他們的動作迅速而有力，舞動的觸手閃耀著白色的電光，向著幸福寶編織出一張電網。

幸福寶抓過一隻金絲小猴，對著他耳語兩句，然後抱起小猴，像一個肉球一樣，朝著煞姆人撞去——

砰！幸福寶一頭撞在電網上，那些觸手發出的電光，差點把幸福寶電暈過去，不過幸福寶皮糙肉厚，只有腦袋上的一片白毛，被燒得一片焦黑，但是他奮力將小猴子甩了出去，然後重重地摔在地上，沒等他爬起來，幾個煞姆人死死地按住了他。

一個煞姆人想對熊貓小子下毒手，他用觸角把幸福寶的嘴巴扒開，用一條觸角伸進他的肚子，這樣做讓幸福寶感覺很噁心，但是他四肢軟軟的，已經無力反抗。

突然，一股熾熱的氣息從煞姆人的背後撲了過來，煞姆人轉身一瞧，全都傻了眼！

禦風使者威風凜凜地衝了過來，張開兩個怒火熊熊的鼻孔，用尾巴輕輕一掃，幾個煞姆人就好像落葉一樣，從幸福寶的身體上飛了出去。

熊貓小子把那隻小猴子拋了出去，是一個天大的陰謀！

原來，熊貓小子對小猴子偷偷地說：「我把你拋過去，你要解開禦風使者的枷鎖。」然後大力一拋。小猴子在半空中翻了一連串漂亮而靈巧的跟斗，最後平穩地落在禦風使者的脖子上，接著他就按照幸福寶的囑咐，飛快地解開禦風使者脖子上的大鎖，將自由還給神龍。

禦風使者發威了，一頭把牢籠撞了個稀巴爛，他大步走到幸福寶面前，快樂地說：「熊貓小子，是你重新賦予了我自由的生命，你是一隻勇敢的熊貓，言出必行，現在我要和你並肩戰鬥！」說完，伸出一隻爪子，抓住幸福寶，丟在脖子上，厲聲喊道：「野獸們，退後。」

話音未落，一大口烈焰從禦風使者的嘴巴裡噴射出來，通道裡頓時變成一片火海，煞姆人不能再堅持了，四散而逃。

禦風使者在最前面，帶領著百獸向前衝擊，一路上所向披靡。

幸福寶驚喜地說：「禦風使者，你會噴火？」

「當然，我們是神龍一族。」

那隻被解放的異特龍，瞧見禦風使者的模樣和他差不了多少，立刻跑過來，討好地說：「神龍爺爺，我是異特龍，是熊貓小子的好夥伴，你是怎麼學會噴火玩的，教教我吧。」

「不行，我們身體內部的構造不同，雖然你也是龍獸，但是在進化的過程中，你比我晚了幾千萬年。」

異特龍洩氣了，一聲不吭地跟在後面。

辣椒看著幸福寶騎在神龍的脖子上，她羨慕地叫道：「熊貓小子騎神龍，真是威風八面啊！」

老頑固有點鬱悶，因為他騎的駱駝，簡直沒法和神龍相比，急忙喊道：「熊貓小子，你快點下來，我們換換，讓我老頑固也威風一把。」座下駱駝立刻有些生氣：「讓你騎在我的身上，你還挑三揀四的。」

駱駝悶哼一聲，身子一顫，把老頑固甩了下去。

老頑固趴在地上，眼冒金星，急忙去追趕駱駝，大叫著：「好駱駝，等等我嘛，不要生氣，氣大可是傷身的呀。」

或許是勝利沖昏了頭腦，連幸福寶也沾沾自喜起來。禦風使者把百獸帶到一個寬闊的出口，通道消失了，展現在幸福寶面前的，是一個寧靜而遼闊的世界。綠草綿綿，叢林茂密，懸崖陡峭，流水潺潺，最漂亮的是一輪金紅色的落日，永遠地漂浮在深藍色的天空上。

幸福寶原來不知道大怪物的肚子有多大，現在看起來，好像能裝下許多山川與河流，熊貓們驚呼起來，向叢林裡鑽去。

禦風使者大吼一聲：「等等，熊貓們，那些叢林、樹木、河流都不是真實的。」可是熊貓們哪裡肯聽，都鑽進叢林裡面，跑得跑，逃得逃，轉眼都沒了影，連三隻恐狼也跑進一片密林，準備搶先占個山頭。

幸福寶用爪子抓起一片葉子，覺得沒什麼偽裝，只聽禦風使者說：「熊貓小子，瞧清楚了，這些景色，都是煞姆人製造的假像。」

幸福寶爪子裡的葉子忽然像煙霧一樣消失了。

幸福寶吃了一驚，不知如何是好，他問：「這是什麼厲害的魔法？」

禦風使者哼了一聲：「熊貓小子，不管你樂不樂意，地球上的野獸還是很愚昧的，你們管這叫魔法也行，但是如果讓煞姆人得逞，以他們的魔法至少可以統治地球幾千萬年，那時候地球將變成一片荒涼之地。」

「啊！」幸福寶說：「那怎麼辦？」

「先逃出去，再從長計議。」禦風使者：「只有清楚這些被製造出來的幻象，我們才能找到真正的出口。熊貓小子，坐穩了，我們要飛上去。」說著，禦風使者張開背上的一對肉膜，地面旋起一陣疾風，飛沙走石，原來那是他的一對大翅膀！

幸福寶沒想到禦風使者還會飛，現在他才明白「禦風使者」這個名字的真正含義，是駕禦風的精靈！

禦風使者縱身一跳，張開翅膀猛烈地煽動，身體冉冉升起，翱翔在天空，熊貓們看見大龍騰空飛起，心裡好不羨慕，一隻熊貓騎著飛翔的神龍，這在熊貓的歷史上，可是絕無僅有的，當之無愧的熊貓英雄。

幸福寶快樂地說：「禦風使者，用你憤怒的火焰，將這裡變成一片廢墟。」

「好。」

禦風使者矯健地掠過山峰，噴出一大口烈焰，山峰頃刻燃燒起來，發出劈劈啪啪的聲響，藏山林裡的野獸，這才發現這些山林花草都是假的，大有上當的感覺，對煞姆人破口大罵。

禦風使者載著幸福寶直向那輪太陽撲去，幸福寶說：「你想要幹嘛，要和太陽同歸於盡？別犯傻了？」

「哈哈，熊貓小子，你以為，我真傻呀，告訴你，那個太陽是這艘飛船的力量源泉。」

「飛船的力量源泉？不明白。」

「好吧，這個大怪物叫飛船，就是會飛的船，能用極快的速度穿梭在星星之間，而飛行需要能量，這個太陽，就是飛船源源不絕的力量來源。」

「明白了。」幸福寶說：「只要把這個太陽給解決掉，飛船就會墜落，我們才有逃跑的希望啊。」

「沒錯。」

正在此時，叢林中掠過數道黑色的影子，一個個奇形怪狀的東西飛了過來，禦風使者說：「熊貓小心了，敵人的鸚鵡飛船來啦。」

幸福寶盯著那些黑影，大約有十幾艘，快如流星地從側後方接近過來，那些黑影比金鵰還大，渾身五顏六色，極像鸚鵡，因為飛得太快，在空中發出「嗚嗚」的聲音。

十艘鸚鵡飛船快速接近禦風使者，本來是一字排開，但是突然產生變化，三隻向左，三艘向右，做迂迴飛行，而四艘飛船從後面緊緊地咬住不放。

幸福寶說：「禦風使者，鸚鵡飛船很是奇怪，他們改變了飛行的隊形，絕對沒安好心。」

禦風使者問：「是不是分成了三隊，左右各三艘飛船，尾巴後面四艘？」

「沒錯，你怎麼知道？」

禦風使者說道：「哼哼，鸊鵜飛船善於集體做戰，我被抓的時候，就是吃了他們的大虧。不過，這一次我得讓他們知道我的厲害，因為，我現在不是孤軍戰鬥，我有了一個可以出生入死的熊貓朋友。」

幸福寶熱血沸騰地說：「說吧，我們該怎麼幹？」

禦風使者對著幸福寶低聲說了幾句，幸福寶大樂。

後面的四艘鸊鵜飛船已經越靠越近，禦風使者也越飛越快，簡直快如閃電。幸福寶騎在禦風使者的身上，兩隻熊貓大耳朵緊緊地貼在大龍的腦袋上，胖臉頰被風吹得生痛。禦風使者的雙翅在風中摩擦出一串嗚嗚作響的聲音。

突然，四艘鸊鵜飛船對準神龍的屁股開火了，這把幸福寶嚇得不輕，四道慘白色的光柱從鸊鵜飛船的鳥嘴裡射出，快得令人眩目，但是禦風使者似乎早有防備，身形一轉，好像風中的一片落葉，巧妙地躲過了四道光柱的襲擊。

「那是什麼魔法？」幸福寶問。

「是鐳射！」禦風使者答道：「是一種集合了光的力量的厲害武器。」

幸福寶明白了，原來，光也有力量！

禦風使者躲過鐳射的襲擊之後，立刻張開翅膀，迅速向上爬升，他的身體像翻跟斗一樣，旋轉到鸚鵡飛船的上方，不等鸚鵡飛船變換飛行姿態和方向，禦風使者已將雙翅膀一收，猶如一枝長矛般，俯衝下來。

幸福寶已經做好準備，就在禦風使者掠過一隻鸚鵡飛船的時候，他縱身一躍，勇敢地跳到一隻飛船的上面，禦風使者則翩翩飛去，同時向旁邊噴出一大片烈火和煙霧，掩護熊貓小子。

幸福寶迅速打量了一下這艘飛船，外形的確像一隻鸚鵡，有著尖尖的嘴巴和圓圓的身體，只少了沒有翅膀和爪子。船身微微鼓起的地方就是船艙，船艙是透明的，裡面坐著一個駕駛員。這是禦風使者告訴他的——各個擊破，是禦風使者和他制定的戰鬥計畫。

幸福寶二話不說，一爪子拍到船艙上面，開始做各種鬼臉。船艙是透明的，裡面的煞姆人吃驚地望著幸福寶，就在他們還來不及反應的時候，另一艘鸚鵡飛船已從側面飛來，就在兩艘飛船還沒意識到究竟發生了什麼事時——禦風使者突然大喝一聲：

「跳！」

幸福寶便毫不猶豫，從鸚鵡飛船上一躍而下，在空中飛快地墜落，但是一個龐大的影子從後面悠然掠過，禦風使者的腦袋上嘩地展開一片柔軟的薄膜，將幸福寶穩穩地接住。

幸福寶哈哈大笑：「禦風使者，你還會孔雀開屏呀。」

「什麼孔雀開屏，這是我的頭冠，不是尾巴，好不好？」

砰！隨著幸福寶和禦風使者的調笑聲，兩艘鸚鵡飛船撞到一起，燃燒起一大團濃煙和火球，飛船的殘骸四散飛落，好像一片火雨。

禦風使者帶著幸福寶徑直朝左側三艘飛船撲去，那三艘飛船忽然掉頭就跑，並且從飛船的尾巴後面，拖曳出一道道極亮的光線，好像蜘蛛一樣，編織出一張極大的網，這張閃閃發光的大網向他們的頭上籠罩過來。

幸福寶說：「禦風使者，小心，一張閃光的大網來啦！」

「明白，這是能量網，被大網罩住，你有再大的力量，也無法施展。」

禦風使者忽然在空中一個急停，仰起脖子，幸福寶只覺得神龍的腦袋裡熱呼呼的，一道火焰從龍嘴裡噴射出來，迎著光網，火焰形成一道火牆，正好將光網阻擋住，並且發出滋滋的燃燒聲，可是能量網沒有被烈焰衝破，三艘鸚鵡飛船平行排列，不停地增加能量網的力量，大網的光芒變得越加刺眼。

禦風使者又噴了一大口烈焰，迅速對幸福寶說：「熊貓小子，能量網正在吸取我的力量，我們的行動要快。」

幸福寶說：「好。」

禦風使者把頭一甩，把幸福寶像肉球似的丟了出去，幸福寶從能量網上面飛了過去，禦風使者使用的力道輕柔又不失精確，正好把幸福寶彈向中間的那隻鸚鵡飛船。

幸福寶明白，這一次全靠自己的力量，所以落在船艙上以後，他不怕任何危險，用爪子一劃，覺得飛船的外殼堅硬異常，又用力拍了兩下，根本留不下什麼傷痕。

幸福寶大為惱火，正不知該怎麼是好，忽然艙門彈開了，原來是駕駛飛船的煞姆人發現了幸福寶，也是忙中出錯，將駕駛艙彈開。幸福寶一瞧，心想：「好哇，這可是你自找的！」便張開爪子，不等煞姆人關好艙蓋，就撲了進去，幸福寶和煞姆人在狹窄的船艙裡展開瘋狂大戰。事實上煞姆人的智慧很高，但是體能不佳，尤其是肉搏戰，煞姆人簡直是不堪一擊。

幸福寶奮起神威，在煞姆人的腦袋上來了幾下，這傢伙就一動不動，爬不起來了，而鸚鵡飛船也失去了控制，搖晃得非常劇烈，還不停地旋轉，幸福寶一會頭上，一會腳下，有點頭暈，他用力給了煞姆人兩下，想讓他清醒過來，但是沒用，正當幸福寶迷茫的時候，有個聲音在天空叫道：「熊貓小子，快跳，飛船要墜毀啦。」

幸福寶慌忙從飛船裡跳了出來，以為禦風使者會在下面接應他，可是當他飛出船艙的時候，才發現叫喊他的不是禦風使者，而是一隻色彩斑斕的鸚鵡。

8 一呼百應

阿飛！

幸福寶心中一喜，然後飛快地墜落下去。

阿飛則圍繞著幸福寶，快樂地大叫：「熊貓小子，終於找到你啦，熊貓小子要墜落啦，誰來接住他，哎呀！糟糕，熊貓小子要摔成兩半啦！」

幾隻大熊貓正想施展救援手段，抬頭一看，心中暗想——熊貓小子像個大肉球似的又沉又重，從那麼高的天空墜落下來，這要砸到身上，還不骨斷筋折啊，因此一窩蜂似的又散了開來。

幸福寶把眼睛一閉，這下可真要完蛋了。

砰！不得不說，幸福寶是隻幸運的熊貓，他落進一片柔軟的光芒裡，這是一片柔和絢麗的光芒。

百獸們吃驚地看著那片光芒，等到光芒逐漸消失之後，才露出一張兇惡的嘴臉，這傢伙的腦袋有點像海葵，長著兩隻大耳朵，好像比金鵰的翅膀還大，他的身體扭動著，像是一條在空中飛舞的巨蟒。

熊貓們吃驚地看著這怪物，大叫：「熊貓小子，快點過來，那個傢伙很兇，根本不是地球上的野獸，他可能要吃掉你。」

幸福寶卻一點也沒有害怕，他暈頭暈腦地趴在地上，快樂地說：「謝謝你救了我，幸福寶永遠會記住你這個朋友。」

怪物張開嘴巴，露出一圈細密而鋒利的牙齒，接著發出一種尖銳的噪音，讓所有的野獸都覺得撕心裂肺，大家趕緊捂住耳朵。

幸福寶說：「你叫什麼名字？」

怪物說：「我是射手座的大耳怪。」

「啊，大耳怪？」幸福寶仔細瞧著大耳怪的樣子，說：「其實，你長得一點都不怪，就是很兇，很恐怖的樣子。」

熊貓們都躲到一邊，他們被囚禁在監牢裡的時候，這個大耳朵可是他們的鄰居，非常的兇狠。大家估計熊貓小子討不了好去了，都躲得遠遠的。

大耳怪嘻嘻一笑，雖然那聲音比毒蛇的詛咒還令人毛骨悚然，大耳怪說：「你是一隻誠實的熊貓，而且是勇敢的熊貓，我們看見你和禦風使者並肩戰鬥，不畏生死，是個好樣的，因此我們決定幫助熊貓一族，向煞姆人宣戰。」

話音未落，大耳怪的身後驀地出現好多隻怪獸，長腦袋的，沒長腦袋的，三條腿的，六支角的，四張嘴巴的，來了一大堆外星小怪獸，他們曾經都是煞姆人囚禁的奴隸，他們都有些非凡的本領，現在被大耳怪集合起來，準備發揮團結的力量。

幸福寶聽到這個消息，高興得一跳，忽見阿飛落了下來，氣喘吁吁地說：「熊貓小子，快點跟我來吧，你再不出手，神農爺爺就要完蛋啦！」

幸福寶急忙追問：「阿飛，你從哪來，究竟是怎麼回事？我以為你被煞姆人捉去啦？」

「哎，一言難盡，快跟我來。」阿飛邊飛邊說，「像我這麼聰明的鸚鵡，怎麼會被那些笨蛋捉到，我是跑進大怪物的肚子裡面偵察來了，要是鸚鵡狡猾起來，誰也別想捉到我，哈哈。」

阿飛張開翅膀，翩翩飛舞，幸福寶一溜小跑跟在後面，他大叫一聲：「大耳怪，跟我來。」

熊貓小子現在簡直是一呼百應，那些外星野獸全跟著幸福寶跑了起來。

鈴鐺問老頑固：「爺爺，我們怎麼辦？」

「當然是跟上去。」老頑固嚴肅地說：「這些外星來的怪傢伙，看樣子都很厲害呢，有他們打頭陣，熊貓們可以省下不少麻煩，最好還能跟著混點吃喝。」聽了老頑固的吩咐，熊貓們像潮水般從後面掩殺上來，那些大象獅子什麼的，也跟在後面，形成一股小小的旋風，好像一把鋒利的刀刃，直插飛船的心臟！

幸福寶邊跑邊問：「阿飛，我們去哪？」

阿飛說：「長話短說，經過鸚鵡的仔細偵察，這隻飛船實在是大，我探察到很多秘密，其中一個秘密就是，煞姆人要在神殿上，將神農爺爺殺死，簡直是太可怕啦。」

這時候，天空上的戰鬥已經結束，能量網一破，禦風使者大顯神威，連續噴出十幾個火球，燒得那些鸚鵡飛船四散逃竄。得勝之後，禦風使者低低地飛掠下來，從熊貓小子的頭上悠然地飛過，伸出爪子，抓住幸福寶的雙肩，大叫：「熊貓小子，你跑得太慢，還是我來幫你，如何駕禦風的力量吧。」

幸福寶再次飛向天空，阿飛跟在後面，大耳怪嘿嘿一笑，將兩隻耳朵張開，竟然也翩翩飛起。

這時候，外星怪獸各顯神通，那些能飛的，能跳的，還有能瞬間轉移的，紛紛加快速度，這可讓熊貓一族們有些吃不消了。

一隻大熊貓妒忌地說：「那些個外星傢伙，老是在天上飛來飛去，真是的，飛得很快活嗎，真不像話。」

老頑固卻說：「熊貓們，不要嫉妒他們，這些傢伙速度比我們快，但是智慧肯定不如我們呢，呵呵。」

禦風使者抓著幸福寶飛快地接近神殿，神殿是飛船中心的最高建築，遠遠望去，那輪小太陽就懸浮在神殿頂端，而神殿的中心是一個如一座小湖大小的黑洞，深不見底，裡面射出一道粗粗的光柱，光柱像不停燃燒的浪花，在支撐著那輪小太陽，不停地燃燒著，這景象又壯麗又詭異。

黑洞的邊緣是神殿的頂層，從下到上，大約有上千級臺階，神殿上鋪著黃金地磚，使得整個神殿看起來閃閃發光，既莊嚴又神聖。

一群煞姆戰士正押著五花大綁的神農，走向黑洞的邊緣。因為飛在天空，幸福寶俯瞰那些人群，像小螞蟻似的，等到看清楚神農爺爺蒼白的臉孔時，煞姆人戰士也發現了入侵者。煞姆大頭領一聲怒喝，煞姆人戰士立刻開始反擊，他們穿著的鎧甲可以從頭盔發射出鐳射，一道道鐳射，如同劃破蒼穹的閃電！

幸福寶看見，煞姆大頭領正推著神農，走向黑洞的邊緣，幸福寶說：「壞了，禦風使者，我得下去幫助神農爺爺，他現在很危險！」

「明白了！」

禦風使者在空中一個急旋，忽然改變飛行方向，大耳怪彷彿看出禦風使者和熊貓小子的意圖，發出一聲撕心裂肺的長嘯，那些煞姆戰士沒法承受這種怪叫，馬上渾身顫抖，東倒西歪，押解著神農的隊伍一片混亂。

大耳怪快樂地叫道：「熊貓小子，我們來比比看，誰更厲害。」

幸福寶轉眼一看，心頭大樂，大耳怪的身體蜷縮起來，張著兩隻大耳朵，像一個生著翅膀的肉球，直接從空中砸了下去，砰砰砰，三個煞姆人被撞飛出去，大耳怪用耳朵裹住身體，閃閃發光，那些射來的鏰射好像對大耳怪毫無作用。

禦風使者看得眼熱，恨不得立刻給這些兇惡的煞姆人點顏色瞧瞧，先噴了一大口濃煙，將神殿上弄得烏煙瘴氣，然後將熊貓小子用力一甩，像球一樣拋了下去，自己則翩翩而落，邁開大步，在地面噴出一道濃烈的火焰。

幸福寶在煙火的掩護下平安落地，他早就瞄準了煞姆大頭領的身影，所以一落在地面，立刻蜷縮成一個低矮的肉球，朝著煞姆人大頭領撞去。誰知幸福寶還沒把煞姆大頭領撞倒在地，神農爺爺已經發出一聲警告般的大叫：「熊貓小子，注意後面！」

幸福寶注意到後面掠過一片陰影，但是不知道是什麼東西，只覺得一片熾熱的氣流如同浪潮撲來，幸福寶急忙向旁邊一跳，躲開這片熱浪，回身一瞧，嚇得他四爪發麻。

一道火焰形成火圈，已經把自己圍在中間，火圈外面站著一隻怪獸，似曾相識。

幸福寶大叫一聲：「異特龍！」

異特龍點了點頭，瞳孔裡放射出紫紅色的光芒，他的身體好像不受自己的控制，在不停地搖擺，他的腦袋上裹著一層黑色的頭盔，好像極不舒服的樣子，而背上也裹著一對大翅膀。幸福寶很奇怪，異特龍是沒有翅膀的，但是仔細一看，那是一對又大又長的機械翅膀，而在異特空的背上還安裝著一個大圓盤，不知是做什麼用的。

這時候，大耳怪已經湊了過來，他的耳朵很神奇，可飛翔，還能滅火。但是異特龍是不會讓大耳怪靠近幸福寶的，他張開雙翅，那些翅膀上的羽毛，全部是一種特殊東西打造的，又輕盈，又堅固，而且邊緣鋒利，好像無數的刀鋒！

大耳怪沒法抵擋刀鋒，張開耳朵竄上天空，大叫著：「這傢伙好厲害。」

禦風使者說：「看我的。」從天空朝著著幸福寶猛吹一口——「刷！」，圍困著幸福寶的火焰瞬間熄滅。

異特龍大怒，朝著禦風使者噴出一口烈焰，禦風使者立刻還以顏色，兩團火球在空中相撞，火花四射。

阿飛落在幸福寶的耳邊叫道：「快點，熊貓小子，神農正等著你的幫助呢。」

但是幸福寶沒跑兩步，三隻黑色的身影便從後面飛奔而來，一道黑影從幸福寶的頭上飛過，幸福寶敏捷地一縮脖子，頭上留下一道火辣辣的傷痕，一隻渾身披掛整齊的恐狼出現在幸福寶面前。

「野王！」幸福寶吃驚地喊道。

野王的全身披掛著一層黑色鎧甲，包裹著腦袋的頭盔上，還豎著一根尖銳的硬刺，好像一隻小犀牛，有點威武，也有點可笑。

幸福寶正在遲疑，身旁又掠過兩道黑影，分別是詭刺和血刃，同樣是滿身披掛，爪子都被武裝過，一雙鐵爪閃閃發光著！

幸福寶大喝道：「大狼，你們都傻了嗎，喜歡做煞姆人的爪牙？」

三隻恐狼不說話，盯著幸福寶流出長長的口水，敲著爪子，那些鎧甲發出嘩嘩的聲響，彷彿隨時可以發動致命的攻擊。

阿飛說：「熊貓小子，看他們的眼睛。」

三隻恐狼的瞳孔射出紫紅色的光芒，和異特龍的一模一樣，而且三隻恐狼好像瘋了一樣，哇哇大叫：「吃了熊貓小子，吃了熊貓小子！」便縱身撲了過來！

阿飛「刷」地一下，竄上高空，然後重新掠下，在一隻恐狼的腦袋上連續啄了幾口，卻沒什麼大用，因為恐狼的腦袋被鎧甲保護著，反而使鸚鵡的嘴巴啄得生痛！

9 冰封世界

幸福寶一點也不敢大意，野王撲上來的時候，他縮頭一閃，但是詭刺和血刃的攻擊，他沒法閃躲，身體被劃出幾道傷口，鮮血淋漓。

幾招過後，幸福寶的身上傷痕累累，三隻恐狼有盔甲保護，根本沒法和大狼們戰鬥，幸福寶試著給了野王一爪子，爪子上留下好幾道傷口，而野王只是一個重心不穩，在地上打了一個滾，又跳了起來。

幸福寶用眼角的餘光一瞧，煞姆人大頭領已經把神農推到黑洞的邊緣，正想對神農下毒手，幸福寶急得滿頭大汗，正在這個時候，熊貓一族殺上來了，還有各種神奇的野獸，在神殿上展開混戰。

三隻兇惡的恐狼被幾隻熊貓圍住，鐵頭表現得異常勇敢，一頭把血刃給撞飛出去，辣椒的臉上也掛了彩，她和幾隻大熊貓在一起，把詭刺給按在地上，用爪子把那些鎧甲一片一片地撕了個稀碎。野王見勢不妙，趕快掉頭跑掉，但是他沒跑出多遠，立刻遭到一群猴子的進攻。

辣椒對幸福寶說：「熊貓小子，你去救神農爺爺吧。」

幸福寶說了聲好，快如閃電地朝著神農飛奔而去，煞姆人大頭領驚慌失措，沒想到神殿會被這些野獸攻擊，他的手下跑的跑，逃的逃，剩下的還在頑強抵抗，但是根本不是這些野獸的對手，他正要抓住神農，把神農推進深淵，忽然後面一痛，好像被咬了一口。

幸福寶不知道煞姆人是不是有屁股，反正一口咬了上去，伸出爪子在煞姆人大頭領的身上亂抓，把這傢伙當成一棵大樹，在他的身體上留下熊貓的標記，證明這是熊貓小子的領地。

煞姆人大頭領從來都是高高在上，說一不二的，沒見過熊貓打架不要命的氣勢。更何況幸福寶是偷襲，趴在煞姆人大頭領的身後連蹬帶踹的，煞姆人大頭領一個沒留神，被幸福寶扳倒在地，滾成一團。

幸福寶抓住機會，朝煞姆人大頭領的腦袋上狠拍一爪，大頭領發出一聲慘叫，脖子上留下三道鋒利的爪痕。不過煞姆人大頭領陰險而狠毒，他伸出無數條觸角，死纏在幸福寶的脖子上，幸福寶頓時感覺到呼吸緊促，而且那些觸角很堅韌，他用爪子連撓幾下，才抓斷了幾根觸角。

煞姆人大頭領陰森一笑：「多管閒事的熊貓小子，我要你的命！」

幸福寶的一隻前爪被觸角纏住了，使不出力量，而脖子上的觸角還在勒緊，他只好用另一隻前爪向煞姆人大頭領的腦袋猛捶，努力堅持著，用目光一掃，神農卻不見了？

就在這個時候，四周寂靜下來，那些煞姆人和野獸全都呆呆地瞧著幸福寶，既不過來幫忙，也不逃跑。

時間彷彿悄悄地靜止了。

只是過了一瞬，煞姆人和野獸嘩地一聲，四散奔逃。幸福寶只覺得脖子上的觸角一鬆，煞姆人大頭領企圖逃跑。幸福寶卻緊抓著煞姆人大頭領不放，急得大頭領嚎叫道：「熊貓小子，有人關閉了能量反應堆，飛船要墜毀了，你不要命啦，還是快跑吧。」

黑洞中的光柱正在變得微弱，由粗變細，漸漸縮成柳條粗細，而那輪火紅的小太陽，也從熾烈而明亮，變得色澤暗淡，不停地縮小，彷彿出現一道道血絲，就像一隻怪異的紅眼！

幸福寶驀地感覺到，飛船裡的溫度有點冷，天空飄起了雪花，煞姆人大頭領踩著黃金神殿的階梯往下溜。

砰！

紅眼和光柱全部消失了，巨大的飛船變得漆黑一片，隱隱約約有燃燒的火光，好似可以照亮前進的道路。

飛船劇烈地震動了一下，幸福寶一屁股坐在地上，剛想爬起來，又是轟隆一聲巨響，巨大的飛船再次猛烈地顛簸了一下，彷彿撞到了什麼物體。幸福寶這一次很有準備，他一趴下就不肯起來，因為隱隱傳來的爆炸聲不絕於耳，黃金神殿好似傾斜了，很多煞姆人發出尖叫，從高大的神殿上摔落下去。

黑暗中，一個黑影滾了過來，幸福寶想也沒想，伸出爪子把黑影摟在懷裡，糟糕的是，當彼此都嗅出對方的味道時，幸福寶的眉頭一皺，黑暗中他已經看清煞姆人大頭領的臉，這傢伙的頭盔摔沒了，整張臉像是佈滿泥土的樹根，瞪著一雙驚慌的小眼睛，瞧著幸福寶。

幸福寶知道壞了，煞姆人大頭領很兇悍，發現心愛的飛船嚴重地損壞，很可能會和自己玩命。

但是煞姆人大頭領剛剛露出凶相，後面一道巨大的黑影已砸了過來，那是禦風使者一爪子把異特龍打了下來，幸福寶迅速向旁邊翻滾，異特龍巨大的身軀砸中了煞姆人大頭領。

一聲悲慘的尖叫聲過後，幸福寶感覺煞姆人大頭領的身體，像樹葉一樣被異特龍壓扁了，他的雙腿好像兩條爛木樁，再也站不起來了。

轟隆隆！

巨大的飛船在爆炸中猛烈地顫抖，高聳的神殿開始劇烈地顛簸。神殿上的野獸滾成一團，好幾個煞姆人一路翻滾，直接滾落進曾經放射光芒的黑洞裡，化成一團團青煙。

幸福寶的雙爪緊緊地扣住臺階上的一條縫隙，他瞧見黑洞裡飄出一股熾熱的氣流，雖然沒有閃亮的火光，但是漆黑的深淵裡，彷彿隱藏著巨大而沸騰的能量，好像一座即將噴發的火山。

異特龍和煞姆大頭領同時朝著黑洞滾落，突然，煞姆人大頭領伸出無數觸角，好像針尖一樣刺進異特龍的腦袋，異特龍尖叫一聲，拚命地掙扎了一下，然後張開翅膀，帶著煞姆人大頭領向著幸福寶衝來！

但是異特龍還沒有撲到幸福寶面前，另一團巨大的黑影已經攔他的面前。禦風使者的龐大身軀，像一座小山，朝著異特龍壓了過去，他抓住異特龍的身體，想把異特龍弄進深淵，但是異特龍彷彿增添了某種邪惡的力量，竟然用爪子勾住禦風使者的身體，兩隻大龍糾纏在一起，隨著煞姆人大頭領朝著黑洞墜落，眨眼消失在黑洞裡。

轟隆！

飛船再次傾斜了一下，發出巨大在撞擊聲，然後一切都歸於沉靜。

等了一會，好像再沒有什麼事情發生了，幸福寶鬆了一口氣，緩緩地爬了起來，看見神農好像一個幽靈似的出現在眼前。

神農的臉色異常嚴肅，帶著一群熊貓，正向飛船外逃去。

幸福寶說：「神農爺爺，簡直不敢相信，我們居然勝利了。」

神農說：「是我關閉了飛船的能量反應堆。」

「什麼是能量反應堆？」

「熊貓小子，簡單說，能量反應堆就是火球，是那個小太陽，它不停地燃燒，提供給飛船力量，明白了嗎？」

「哦，明白了。」幸福寶說。

一片燦爛的陽光刺痛了幸福寶的眼睛，金色的陽光從飛船的破損處投射進來，燦爛如織的光芒裡，影綽綽地蠕動著一些黑白色的大腦袋，原來是熊貓們穿過飛船的漏洞，飛快地向外面爬行。

神農爺爺沐浴在陽光下，正指揮著大隊野獸，隨同熊貓們一同逃生，飛船的陰暗角落裡不時竄起一溜電光，或者劈啪作響的火光。

飛船裡的大火兇猛地燃燒著，殘餘的煞姆人都在忙著救火，誰還會理會四處逃散的野獸。

爬出飛船，幸福寶嚇了一跳，這隻巨大的飛船，墜落在一座山谷上，其中一座山峰陡峭而險峻，好像一把利劍，直刺進飛船的船體，把飛船的邊緣刺出一個大窟窿，滾滾的濃煙還在嫋嫋升起。

幸福寶是從大窟窿裡爬出來的，熊貓一族一隻一隻地爬了出來，他們被剛才的碰撞嚇得不輕，驚魂未定。

神農正在查看飛船的損壞情況，他說：「還好，飛船並沒有破損嚴重，可以修復好。」

「你這是什麼意思，難道你還想讓煞姆人抓住熊貓當奴隸嗎？」鐵頭大聲質問：「他們休想再抓住熊貓了，我們快跑吧。」

熊貓們不再聽神農的辯解，向山林裡跑去。

幸福寶跟著老頑固跑了幾步，忽然發現神農一動不動，幸福寶跑回來，問道：「神農爺爺，和我們一起走吧？」

神農抖著潔白的鬍鬚，平淡地說：「熊貓小子，能量反映堆被我關閉，飛船失去了動力，要進入休眠狀態了，這是一個高級智慧體，如果不修復飛船，它就會吸收地球的能量，進行自我修復，到那個時候，地球將寸草不生，所有的資源都會枯竭，地球將會變成一座死亡星球。」

正如神農所說，巨大的飛船開始進入休眠狀態，飛船的表面開始結冰，雪白的冰層迅速凝結，在飛船上覆蓋起厚厚的冰層，然後迅速擴散，飛船的本來面目極快地被冰層遮蓋住，變成一座宏偉的冰山。

「現在怎麼辦？」幸福寶問。

「只有終極力量才能挽救這一切，去尋找力量大師，他會告訴你怎麼做。」

神農抬起手，彷彿在向幸福寶揮手告別。幸福寶再問，神農已說不出話來，慈祥的臉上罩上一層寒霜，整個人都已被冰凍起來，轉眼間就消失在厚厚的冰層後面，延伸的冰棱像樹枝一樣，將神農變成了一棵雄偉、挺拔、茂盛的冰樹。

10 真假大師

幸福寶站在嚴寒中，傻楞楞地瞧著這棵冰樹，天地一片蒼白，四周一片死寂，只有被山峰弄出的洞口，還飄散著嫋嫋餘煙。

阿飛落在一根冰枝上，哇哇叫了兩聲：「不會吧，這世界太神奇了，神農變成大樹了，怎麼可能呢？」

幸福寶說：「我們走吧，鸚鵡。」

「去哪？」

「去尋找力量大師，神農告訴我，只有他才能化解這場災難。」

「說的輕鬆，我們到哪去尋找力量大師，力量大師長什麼樣子，我們都不知道啊。」

幸福寶說：「你瞧，神農的手。」

阿飛落在幸福寶的腦袋上，看著一片閃閃發光的樹葉，幾乎難以辨認那是神農的手指，他問：「熊貓小子，這是什麼意思？」

幸福寶說：「那不是在向我們告別，而是神農爺爺指引給我們的方向，只要沿著那個方向，一定可以找到力量大師。」

「真的假的，熊貓小子什麼時候變聰明啦？」阿飛讚嘆地說。

話音未落，砰地一聲，被冰層封死的洞口，從裡被一股力量擊碎，露出一個烏黑的洞口。

阿飛和幸福寶機敏地藏到一塊大冰石的後面，冰窟裡先冒出一股寒氣，接著發出一聲長長的嚎叫，三隻丟盔卸甲的恐狼鑽了出來，然後是那隻帶著機械翅膀的異特龍，滿臉兇狠地走了出來。

異特龍叫囂著：「你們三個快點行動，就算是搜遍天涯海角，也要把力量大師找出來，快！」說完，雙翅一張，從天空掠過，監視著三隻恐狼，向遠方急馳而去！

等到不見了他們的蹤影，幸福寶才帶著阿飛從岩石後面爬出來，心裡充滿了疑惑，於是小心地向冰窟前靠進，爬進冰窟，一探究竟。

飛船裡面寒氣撲面，一條光滑而蜿蜒的通道展現在眼前，走不多遠，就看見一座巨大的冰雕，從展開的翅膀和焦黑的嘴巴看，這傢伙肯定是禦風使者，他們不清楚，禦風使者為什麼會變成這個樣子，但是他的確是被凍結住了，在不遠的地方，還有一顆大雪球，估計是大耳朵怪變的，周圍還有些枝枝椏椏的冰雪樹叢，全是被凍結的煞姆人和野獸。

總之，飛船裡面是冰天雪地，毫無生氣，一切生命的跡象都被封凍起來。

幸福寶和阿飛失望地走出冰窟，幸福寶對阿飛說：「我們得搶在異特龍的前面找到力量大師，快點，立刻行動。」

阿飛說：「好，看看我們誰的速度快。」雙翅一展，吱地一聲，在空中沒了蹤影。

幸福寶說：「等等我嘛，等等我嘛。」扭動笨拙的身體，在冰雪漫漫的叢林間飛奔起來。

幸福寶和阿飛日以繼夜地追蹤著三隻恐狼的行蹤，沿著神農的手指方向，一路向東，他們追趕了三天三夜，但是什麼都沒找到。

夕陽西下，落日燦爛。

幸福寶和阿飛找了一些野果充饑，然後躺在一片輕柔的草地上休息，旁邊是石楠叢和鐵線蓮。

望著天空飄來的朵朵白雲，不停地變幻著美麗的姿態，阿飛說：「熊貓小子，我覺得這樣瞎找下去，根本不行。」

幸福寶說：「我也是這樣想的，可惜，我們沒有一點點關於力量大師的線索，可能那三隻恐狼見過力量大師，因為他們提起過力量大師的傳說。」

幸福寶忽然問道：「阿飛，你說說，神農爺爺怎麼知道關於煞姆人的一切，他好像很了解煞姆人。」

阿飛說：「我哪知道，神農是一個很特別的人，他的智慧好像超越其他的人類，這樣說來，的確是有古怪。」

幸福寶揮了一下爪子，讓阿飛落到他的嘴巴上，悄悄地說出自己的猜測。

「啊！」阿飛張開翅膀，在熊貓鼻子上跳了一下，驚訝地叫道：「熊貓小子，你說神農爺爺是煞姆人，怎麼可能？」

幸福寶說：「幹嘛那麼吃驚，我只是猜測，神農爺爺如果是一個凡人，他怎麼會催眠術，還知道那麼多煞姆人的陰謀，還知道怎麼關閉能量反應堆，這一切怎麼解釋？」

「嘿嘿，熊貓小子，你的話有道理，沒想到一個貪吃鬼，也有這麼聰明的思想。」阿飛用狡猾的目光瞧著幸福寶，「狡猾的小熊貓，你還能堅持下去嗎？」

幸福寶忽然意識到自己渾身傷痕累累，滿身的傷痛一陣陣地襲來，這才想起喊痛，阿飛說：「得了得了，別裝了，我知道你是一隻無比堅強的熊貓英雄，這點小傷對你來說，算不了什麼，哈哈。」

幸福寶很鬱悶，能力越大，責任越大，英雄這兩個字，不是那麼好擔當的，如果他不是熊貓英雄，現在就可以滿地打滾，呼呼大睡，不用像現在這樣必須咬緊牙關堅持下去。

走了一天，幸福寶在星光下疲憊地入睡，他睡得很香，連夢也沒做，但是阿飛還在星光下忙碌，他找來一些蜜蜂，用最純最甜的花粉，撒滿熊貓小子的傷口，鸚鵡知道這些花粉很奇妙，對傷勢的恢復，具有神奇的作用。

翌日醒來，熊貓小子神清氣爽，忽然看見阿飛從天空飛來，小心地說道：「熊貓小子，有發現。」

原來，距離他們睡覺的不遠處，有一片青翠的小山崗。阿飛在清晨起來，捉蟲子吃的時候，聽說在山崗下面，有一個神秘的洞穴，洞穴裡住著力量大師。

幸福寶和阿飛興致勃勃地來到洞口前：「力量大師？力量大師？」幸福寶在洞口探頭探腦地問。

「外面是什麼東西？」洞穴裡傳來嗡嗡作響的聲音。

「我前來尋找力量大師，我們需要力量大師的幫忙，天下需要你，你得拯救我們！」

洞穴裡的回應道：「力量大師樂於幫助每一隻野獸，但是你必須完成力量大師的一個夢想。」

「什麼夢想？」

「離此不遠，有一座跳跳嶺，本來那裡有很多野兔，可是現在那些兔子無家可歸，因為來了一個黃斑怪獸，專吃兔子，而且揚言，要吃遍所有的兔子、烏龜、野雞、羊羔還有熊貓。最後，連力量大師也要吃掉，簡直是一頭瘋狂的猛獸，所以我們要你去幹掉這傢伙。」

幸福寶問：「聽說力量大師本領非凡，你為什麼不自己動手。」

「嗯，嗯。」洞裡傳來幾聲哼哈，那聲音低沉地說道：「力量大師的本領太強大，如果我親自出馬，將會盪平跳跳嶺，力量大師可是心懷慈悲的，不想弄得雞飛狗跳的，況且像我這樣的本事，去幹掉一隻黃斑怪獸，你不覺有點大材小用了嗎？」

幸福寶越聽，越覺得不對勁，這力量大師的聲音好似在哪裡聽過，而且時高時低，含混不清，更引起幸福寶的懷疑，他向洞口爬去，發現了一些糞便，嗅了嗅這些糞便，這是熊貓的味道。

幸福寶心中一喜，力量大師竟然是一隻熊貓？

幸福寶借著明晃晃的光，向洞穴裡深入，洞穴裡的荒草又深又高，阿飛一聲不吭地趴在熊貓小子的肩膀上，緊張得要命！

力量大師在裡面叫道：「擅自闖進力量大師洞府的，速速退出洞外，不然的話，力量大師可要興風作浪，消滅你！」

幸福寶聽得有些迷糊，力量大師的語氣有點顫抖，好像很害怕的樣子，幸福寶正要上前，洞穴的石壁上，突然出現了一個巨大的身影，這個影子很恐怖，頭很大，身子很圓，生著六隻爪子，張牙舞爪的，發出一片嗡嗡聲。

幸福寶很害怕，以為力量大師在使用什麼魔法，但是阿飛一拍翅膀，鑽進濃密的草叢，只聽草叢那邊傳來「哎呦呦」的叫聲，還有阿飛的訓斥聲：「好啊，騙到鸚鵡的頭上來了，我叫你們三個小傢伙裝神弄鬼，我叫你們三個不學無術，看我怎麼收拾你們！」

力量大師的聲音怎麼變了味道，強硬的語氣沒了，變成了委屈的聲音：「唉呀呀，不要欺負我們，我們是三隻逃亡的熊貓嘛！我們每天東躲西藏的，也很不容易好嗎！我們再也不敢啦。」

幸福寶笑了，他總算是聽出來了，他分開荒草，大叫一聲：「小白、小黑、小花，是你們嗎？」

果然，洞穴裡面一塊凹陷的岩石下，躲藏在三隻骯髒的熊貓，小白、小黑、小花，這三隻小熊貓不但沒瘦，反倒是胖了不少，吃得滾瓜溜圓，用驚懼而歡喜的眼神望著幸福寶。

阿飛正用翅膀拍三隻小熊貓的腦袋，但是這三個小傢伙不痛不癢，還傻呵呵地笑。

幸福寶問：「你們三個，怎麼跑到這裡來了？」

小白說：「熊貓無家可歸，四處流浪，只好跑到洞穴裡隱藏起來。」

小黑說：「我們很害怕，於是想到用力量大師的名字唬人，這樣就沒有野獸敢靠近這裡。」

幸福寶笑了：「你們三個小傢伙，還會玩這種把戲，咦，你們的眼睛？」

幸福寶清楚地記得，這三個小傢伙也染上了紅恐症，但是現在看起來，他們三個的瞳孔又黑又亮，煞姆人並沒有給他們解藥，難道是神農的配方起到了神奇的效果？

阿飛問：「快說，你們三個是不是煞姆人的奸細？」

三隻小熊貓急忙搖頭，小花的膽子最小，他已經很委屈了，此刻「哇」地一聲哭了出來，抹著眼淚說道：「我們不是煞姆人奸細，我們害怕極了。」

小白說：「熊貓小子，我們每天都藏在這裡，喝山泉水，逮不到小動物，只好吃竹子，這下你總該滿意了吧，你不是總讓我們吃竹子嗎？」

幸福寶哈哈一笑：「看來，你們很健康，還得繼續吃呀。」

阿飛說：「不錯，為了保證你們三個小笨蛋不變成三個小瘋子，以後要繼續吃竹子，懂了嗎，估計吃些花花草草，更健康呢。」

說完，幸福寶帶著三隻小熊貓離開洞穴，洞穴裡佈滿了熊貓的糞便，臭氣熏天的，已經不能再待下去了。

幸福寶帶著三隻小傢伙來到一條山澗的小河裡，四隻熊貓加一隻鸚鵡，嘻嘻哈哈地在河水中打鬧、洗澡，好不熱鬧。正在玩水的時候，山澗上忽然有個聲音，大吼一聲：「誰敢在力量大師的地盤上吵鬧，活得不耐煩啦！」

阿飛抖抖羽毛上的水花，還搞不清楚出了什麼狀況，但是這一嗓子聲震九霄，很有氣勢！

阿飛振翅高飛，落到一根樹枝上，四隻熊貓分開水花，跳到岸邊，盯著發出聲音的岩石。

一團黑影緩緩冒了出來，小白、小黑、小花立刻鑽到幸福寶的身後，幸福寶定睛一瞧，竟然是一隻大眼白肚的青蛙，蹲在岩石上大吼：「力量大師來啦，力量大師來啦！」

四隻熊貓同時瞪大眼睛，這隻青蛙也是力量大師，除了他的叫聲響亮以外，看不出這隻青蛙有什麼厲害的地方。

幸福寶有些好笑地問：「青蛙，你是力量大師？」

青蛙的臉驀地紅了，好像自己的謊言被熊貓戳穿了，很不好意思，咯咯一笑：「其實我不是力量大師，力量大師的名字，我是聽一隻蟬說的，而蟬是聽一隻螳螂說的，螳螂是聽一隻麻雀說的，而麻雀是聽一隻猴子說的。」

「那這隻猴子在哪裡呢？」

「被一隻恐狼吃掉了。」

「啊！」幸福寶身後的三隻熊貓，一聽說恐狼的名字，嚇得臉孔蒼白。

聰明的阿飛，立刻發現了這三隻小熊貓的破綻，他追問說：「你們三個小傢伙，是不是見過三隻恐狼？」

「是……是的……就在兩天前。」小花說：「還有那隻會飛的異特龍，他們向東跑了，沒有發現我們。」

「哼，哼。」阿飛說：「你們為什麼不早說，現在你們三個去追尋一下三隻恐狼的行蹤，然後回來報告。」

「不……不成啊……我……我們害怕！」三隻小熊貓顫抖地說。

阿飛憤怒地道：「什麼？害怕？我又不是讓你們去送死，就是讓你們去偵察，懂嗎？別讓三隻大狼發現你們，然後跑回來報告，就這點小事，都幹不了嗎？」

三隻小熊貓猶豫了一會，小黑終於鼓起勇氣說：「好吧。」三隻小熊貓揮手向幸福寶告別，一步三回頭，戀戀不捨地走了。

幸福寶問阿飛：「這三個小傢伙能行嗎，他們的膽子比我還小呢。」

阿飛說：「呸，呸，這三隻熊貓該長大了，他們不能老是依賴別人，熊貓一族應當有很多英雄，而不是依靠一隻熊貓的力量，只有這樣，這個種族才能夠壯大。」

幸福寶覺得阿飛的話很有道理，就問阿飛現在怎麼辦。

阿飛說：「我們還要繼續去找力量大師，我感覺這裡面有鬼，一下子整出這麼多力量大師，真真假假的，肯定有鬼。」

幸福寶點點頭，他們兩個休息了一夜，繼續上路。可是一路偵察下來，幸福寶和鸚鵡阿飛受了不少的驚嚇，弄得熊貓小子頭都大了。

關於力量大師的傳說，好像是雨後的春筍，一下子冒出來好多自稱的「大師」，天上飛的，地下跑的……

阿飛就抓到過兩隻「力量大師」；原來是兩隻蟋蟀，正在沒完沒了地爭吵，說自己是力量大師。

連一隊搬家的小螞蟻都喊著口號：「我們是大師，我們有力量！力量大師獨一無二，翻江倒海，如假包換！」

11 重逢

這天傍晚，幸福寶和阿飛鬱悶地來到一座漆黑的森林前，森林裡面忽然有了動靜，一隻鬃毛黑得發亮的大野豬，挺著一對長長的獠牙，飛也似的跑了過來，見到幸福寶便劈頭蓋臉地問：「你就是力量大師嗎，看招！」

大野豬的出現，讓阿飛和幸福寶措手不及，幸福寶團身一滾，滾出好遠，而阿飛則慌慌張張地跳上枝頭，他被野豬的獠牙弄斷了好幾根尾巴上的羽毛。

幸福寶停在一顆槐樹前，翻身跳起，叫道：「別開玩笑，我不是力量大師！」

大野豬冷笑一聲，朝幸福寶展開更加兇猛的進攻，兩隻獠牙在夜色下閃著寒光，扯著嗓子大吼：「力量大師，胖嘟嘟，圓嘟嘟，黑耳朵，大腦袋，沒錯，那就是你，你難道想欺騙我嗎？」

大野豬四蹄翻開，嗷嗷亂叫，向著幸福寶連連猛攻。幸福寶只好連閃帶跳，大野豬卻憤怒無比，步步緊逼。

幸福寶溫柔地問：「大野豬，怎麼了嘛？我和你有仇嗎？」

大野豬說：「力量大師，我和你仇深似海，你還我家的小豬豬！還我家的小漂漂！」

「小漂漂是什麼？」阿飛在天空問道。

「小豬豬的媽媽。」大野豬哼著粗氣，剛才一頓胡亂進攻，卻沒有給這個白白花花的胖東西造成什麼傷害，想起一家老小被力量大師逮去，生死未卜，不由得悲從中來，大口嗚咽起來。

幸福寶趁機說道：「大野豬，我是一隻熊貓，我的名字叫幸福寶，我不是力量大師。」

大野豬洩氣地向地上一趴，悲哀地說：「不管你是不是力量大師，我已經沒有家了，我可憐的孩子，還有我的小漂漂啊，都被力量大師捉去了，嗚嗚！」

大野豬的淚水和鼻涕一同流下來，讓幸福寶覺得心裡酸酸的，但是他和阿飛還是想弄明白，這究竟是怎麼一回事？

緊張的氣氛漸漸緩和下來，溫暖的夕陽好像一個昏昏欲睡的大球，逐漸沉入遙遠的地平線，月牙在深空的搖籃裡睜開朦朧的睡眼，山崗前一片寂靜，幾朵雲彩在天空上蕩來蕩去，等待著調皮的星星出現。

大野豬哭了好一陣才止住悲傷，幸福寶試著靠近大野豬，伸出爪子抹去大野豬的淚痕。

大野豬此刻好像一隻撒嬌的小豬，對幸福寶說：「熊貓小子，不要管我，我心裡難過極了。」

幸福寶耐心地說：「野豬朋友，我真不是力量大師，我正在尋找力量大師，尋求他的幫助。」

「你、你要尋求力量大師的幫助？別傻了！什麼力量大師，他是個可怕的怪物，把我的孩子，孩子他媽都給抓走了，他自稱是力量大師，我正要找他拚命呢。」大夜豬眨著兩隻明亮的大眼睛說。

幸福寶和阿飛完全明白了，大野豬為什麼要仇恨力量大師，原來力量大師是個壞蛋！可是仔細一想，好想有些不對，他們問大野豬，力量大師是怎麼抓走野豬的孩子，還有母野豬的。大野豬詳細地講了一遍，其實他根本不知道力量大師是誰，他是聽一隻刺蝟說的。

幸福寶和阿飛決定去找那隻刺蝟，和刺蝟當面對質，並準備幫助大野豬去找力量大師算帳。他們跟著大野豬來到一處樹洞前，這裡是刺蝟的家。大野豬有了兩個幫手，神氣活現地叫道：「刺蝟，出來。」

叫了半天，沒什麼動靜。阿飛說：「大野豬，怎麼沒點動靜？」

大野豬說：「難道連刺蝟也被力量大師捉走啦？」

幸福寶用鼻子嗅了嗅，果然，空氣中漂浮著一層死亡的味道，把耳朵貼在地面聽，一陣細微的沙沙聲在靠近。

幸福寶向阿飛使了個眼色，鸚鵡一動不動地伏在熊貓的腦袋上，兩個好夥伴形成了一種少有的默契，準備發動突然襲擊，大野豬還以為幸福寶怕了，立刻做好進攻的準備。

倏地，一道黑影閃電般地衝了出來，幸福寶和阿飛同時迎著黑影，一上一下，幸福寶張開雙爪，猛抽黑影的下巴，阿飛則用堅硬的喙，對著黑影的腦袋連刺帶啄。

黑影驀地一聲大吼，幸福寶的攻擊落空了，連阿飛都從黑影上面滑翔出去，因為這聲怒吼，簡直是太熟悉了。

幸福寶一縮爪子，阿飛也擺著翅膀，好像被一陣巨大的驚喜包圍住了。黑影顯示出一個大腦門，上面橫著三條花紋，一對圓眼，炯炯有神！

老虎！

三個好朋友意外重逢，高興得不知道說什麼才好，老虎看見幸福寶好好的，激動得哽咽起來。

三個好朋友遲疑了一下，立刻擁抱在一起；大野豬卻誤以為他們在打架，急忙從後面跑了過來，低著腦袋一頭撞在老虎的屁股上。

老虎被大野豬的獠牙刺了一下，「嗷」地叫了一聲，竄起老高，一頭撞在樹幹上，差點昏迷過去。

阿飛忍不住大叫一聲：「蠢豬，瞧瞧你都幹了些什麼，他是我們的朋友——老虎。」

大野豬「啊」了一聲，委屈地說：「我怎麼知道。」

幸福寶來到老虎身邊，撫摸著老虎的傷口，老虎的屁股被野豬捅了兩個小洞，還在流血，他說：「大野豬，老虎不是力量大師，你搞錯了。」

大野豬只好低著頭說：「對不起，不好意思。」

老虎忍著劇痛，說：「沒關係，熊貓小子，我以為你完蛋了，沒想到還能再見到你。」

阿飛說：「大老虎，這些日子你跑哪去啦？」

老虎說：「四處流浪，沒有你們的日子，我很難過。」

幸福寶說：「我們正在尋找力量大師，你知道力量大師的消息嗎？」

老虎搖頭說：「沒有，但是你是一隻神奇的熊貓，總是能絕處逢生，你一定可以找到力量大師。」說完，把幸福寶摟在懷裡，那樣子，又是甜蜜，又是親熱，好像一對多年未見的親兄弟。

阿飛大叫著：「三個好朋友重新相聚，一切困難將迎刃而解，哈哈哈！」

笑聲還沒有飄散。

嗷！

大野豬突然尖叫起來。

阿飛很不滿意地說：「大野豬，你亂叫什麼，就不能安靜一下嗎，我們正在甜蜜地回憶我們的友情呢。」

但是他們立刻發現四周的密林中鬼影閃爍，阿飛說：「熊貓小子，我們的麻煩大啦！」

「熊貓小子，插翅難飛，熊貓小子，快快投降！」

驚悚的叫聲在密林此起彼伏，一些大塊頭站在樹上，將樹枝搖得「啪啪」直響，地面上吹起一陣狂風，吹得一層薄薄的灰塵，混和著夜霧，更像是濃濃的的殺氣！

一隻紅毛猩猩突然從樹梢上現身，四周的樹梢上紛紛來了好多隻紅毛猩猩，這些傢伙都是雷鼓的舊部，正用仇恨的目光盯視著幸福寶。為首的那隻雄性紅毛猩猩，好像是新的首領，身體健壯，目光兇狠，幸福寶並不認識，但是這些紅毛猩猩絕沒安好心，因為他們的手裡都拿著武器，各種堅硬的果實、貝殼，還有一些石頭。

紅毛猩猩的首領凶光畢露，大叫著：「這就是你們說的，那隻叫幸福寶的熊貓嗎？」

「沒錯，就是他，我們的首領，就是死在熊貓小子的手上。」一隻母猩猩憤恨地說。

幸福寶、老虎、阿飛、大野豬圍成一個圓圈，面對這麼多隻大猩猩，還是有點心有餘悸。尤其是紅毛猩猩的新首領，這傢伙臉頰上的硬脂塊，看起來就像兩隻從嘴裡伸出去的象牙，而且他的腦袋上倒扣著半張刺蝟皮，就像是一頂帶刺的頭盔，顯得更加兇悍！

幸福寶對大野豬說：「你說的刺蝟，估計凶多吉少了。」

紅毛猩猩大首領嘿嘿怪叫：「那隻刺蝟被我吃掉了，熊貓小子，你真有傳說中的那麼厲害嗎？」

幸福寶說：「你可以試試！」

紅毛猩猩首領哼了一聲：「我現在就領教一下你的厲害，揍他！」

首領一聲令下，紅毛猩猩紛紛響應，將石頭、木棍、貝殼、堅硬的果子向著幸福寶的腦袋投來。雖然沒什麼準度，但是漫天飛舞紛紛砸來，大野豬的腦袋上挨了好幾下，都是大貝殼，砸得大野豬直咧嘴，瘋狂地衝向一棵大樹，一頭撞到樹幹上，大樹一顫，上面落下一隻母猩猩，大野豬一樂，挺起獠牙，向母猩猩猛刺，嚇得這隻母猩猩繞著大樹，連竄帶蹦，跑進了濃密的樹蔭。

幸福寶和老虎很鎮定，面對石頭和果子，他們兩個躲閃得很輕鬆，阿飛張開翅膀，從高空俯瞰這場戰鬥，他一點也不擔心，因為這些紅毛猩猩沒什麼可怕，與狡猾兇悍的煞姆人相比，只是一些小角色。

紅毛猩猩首領發現空襲並不奏效，立刻大吼一聲，跳下樹來，向著幸福寶撲來，他實在納悶，這個胖嘟嘟的熊貓，究竟能有些什麼本事，倒是熊貓小子身旁那隻腦袋長著白斑的傢伙，可能是個硬手。

紅毛猩猩首領發出兩聲短促的尖叫，這是戰鬥暗號，兩隻大猩猩從側面撲向了老虎。

幸福寶看到紅毛猩猩首領向前一撲，立刻向旁邊一跳，大吼一聲：「住手！」

熊貓小子的吼聲，讓紅毛猩猩首領有點不知所措，畢竟，關於熊貓小子的傳說很神奇！

12 強敵

紅毛猩猩首領問：「熊貓小子，你有什麼話說？」

幸福寶說：「我們兩個來一場決鬥，好嗎？」

「嘿嘿。」紅毛猩猩首領大笑：「好啊。」實際上，他有點害怕老虎，正想和熊貓小子單打獨鬥呢。

紅毛猩猩首領一開口，兩隻撲向老虎的紅毛猩猩立刻停下腳步，和老虎對峙著。老虎倒沒有急於進攻，他想看看熊貓小子怎麼戰勝這個大傢伙，他對熊貓小子有信心，熊貓小子的怪招總是層出不窮。

時間彷彿靜止了，空氣彷彿窒息。

紅毛猩猩首領很緊張，幸福寶則很輕鬆，他盯著紅毛大猩猩的眼睛，放慢呼吸，全神貫注，集中意志，心中默念：「你看不見我，你看不見我，你看不見我！」

幸福寶對猩猩首領使用了催眠術，這是神農傳授的絕招，紅毛猩猩首領果然中招，他還以為幸福寶有什麼秘密，拚命盯著熊貓小子的眼睛，但是越這樣，越中了幸福寶的催眠術。

眨眼之間，猩猩首領的眼皮異常地沉重，目光散落而朦朧，巨大的身軀開始搖晃，兩隻蜷縮的前爪能夠支撐他的身體，但是搖晃了幾下之後，渾身的肌肉都變得鬆弛起來，接著一個踉蹌，砰地摔在地上，嘴巴朝前，四爪張開，歪著腦袋，雙眼低垂，就和死了一模一樣。

所有的紅毛猩猩大吃一驚，首領像石頭一樣，一動不動，他們以為首領死了——居然連一招都沒和熊貓小子打就掛點啦！

老虎也頗為驚奇，他走到幸福寶身旁，用舌頭在幸福寶的耳朵上舔了兩下，低聲道：「喂，熊貓小子，你這是什麼魔法，教教我吧，一個照面，就撂倒了一隻大傢伙，真讓老虎羨慕死啦。」

幸福寶當然不能說這是催眠術，因為他要鎮住這些紅毛猩猩，於是說道：「嗯，這是我從力量大師那裡學到的魔法，誰要是不服，我會施展這種厲害的魔法，但是，猩猩們，我並不想傷害你們，所以，我要施展起死回生的法術，再一次賜予猩猩首領珍貴的生命！」

幸福寶張開雙爪，在猩猩首領面前比劃了兩下，猩猩們驚奇地發現，首領的胸口一起一伏，竟然傳來了均勻的呼吸，好像從死亡的狀態中甦醒過來。

阿飛從天空飛掠而下，在低空盤旋，好像是熊貓小子的得力助手，咕噥著說道：「熊貓小子的魔法真厲害啊，猩猩首領已經脫離了死亡的命運，熊貓小子真是了不起。」

幸福寶詢問一隻母猩猩：「你們是從哪裡來的，這裡好像是你們佈置的陷阱？」

那隻母猩猩老實地回答：「熊貓小子，我們是追蹤三隻恐狼來的，但是我們中了埋伏，差點全軍覆滅，是三隻恐狼讓我們在這裡設下圈套，等著熊貓小子來上鉤的。」

幸福寶說：「三隻大狼就能讓你們這些猩猩全軍覆滅，你不是一隻誠實的猩猩。」

母猩猩立刻露出欽佩的神色，說道：「熊貓小子，你真是料事如神，除了三隻大狼，還有一個怪物。」

「是那條長著翅膀的異特龍？」

「沒錯，就是我！」

雲霄上面傳來異特龍的回應，但是這聲音又熟悉又陌生，根本不像是異特龍的聲音，而是煞姆人大頭領的嚎叫！

幸福寶抬起頭，高空中的雲朵紛紛飄散，一團黑影從雲霧裡俯衝下來，一雙奇長的翅膀，彷彿天邊掠過的黑雲。

幸福寶說：「煞姆人大頭領，你真是賊心不死，老跟著我幹什麼？」

「當然是為了奪取終極力量。」

異特龍越飛越低，老虎瞧見異特龍長了一對翅膀，閃閃發光的金屬翅膀讓老虎有點驚懼，他說：「熊貓小子，這隻龍怎麼長翅膀了，快用你的絕招，把大龍從天上弄下來吧。」幸福寶也在奇怪，因為他沒有在異特龍的背上發現煞姆人大頭領的身影？

「嘿嘿，什麼魔法，你的那點催眠術，應該是神農傳授給你的吧。」異特龍的聲音穿透雲霄，震得幸福寶的耳朵嗡嗡作響。

阿飛呀地一聲，落在幸福寶的肩膀上，尖叫道：「完啦，熊貓小子，你的催眠術被識破啦，怎麼辦呀？」

「和他拚了！」

幸福寶大吼一聲：「你們給我閃開，看我怎麼把這隻大龍幹掉！」

老虎和阿飛立刻跑向一片密林，老虎跑到密林的邊緣，扭頭瞧著幸福寶已經仰面朝天躺在地上，難道熊貓小子還有什麼絕招？

老虎這一遲疑，阿飛立刻在他耳邊，用極輕的口氣說：「快不快跑，老虎，熊貓小子這是在掩護我們呢。」

老虎如夢初醒，原來熊貓小子是在虛張聲勢，但是就這麼跑了，有點不夠朋友，他用疑惑的目光瞧著阿飛，阿飛悄聲說：「如果你不想成為熊貓小子的累贅，還是快跑吧！熊貓小子會有辦法對付這隻大怪物的。」說完，鸚鵡在老虎的耳邊嘀咕了幾句，老虎睜大眼睛問：「是真的麼？」

阿飛說：「誰騙你。」

老虎二話不說，跟著阿飛轉身就跑，鑽進濃密的叢林，風馳電掣一般，跑得無影無蹤。

幸福寶在地上直挺挺地躺著，露出一個白肚皮，惹得異特龍在天空哈哈大笑：「熊貓小子，你的朋友都逃跑啦，你眾叛親離，成了一隻孤苦無依的熊貓，還是我送你幾個老朋友吧。」

異特龍說完，在天空劃了一個弧線，從幸福寶的頭上飛掠過去，然後雙翅一抖，三條黑影快如閃電，從異特龍的翅膀上墜落到地面上，竟然是三隻恐狼。

野王說：「熊貓小子，還是讓老朋友老好好地照顧你吧。」

詭刺和血刃分別把守住熊貓可能逃竄的退路，野王率先向幸福寶發動攻擊。幸福寶知道野王上來會咬自己的脖子，因此，他側身一滾，將下巴緊貼在胸膛上，用爪子朝著野王的嘴巴來了一下。

野王向旁邊一跳，閃過熊貓的爪子，詭刺和血刃從後面包抄，這些都是恐狼的老套路，幸福寶一點也不敢大意，跟在野王後面，也向旁邊滾去，這讓野王很是慌亂，連竄帶跳，竄到一棵大榕樹的後面，但是幸福寶好像鬼影一樣，緊緊地追蹤著野王的足跡。

野王嗷地叫一聲：「熊貓小子，你別跟著我。」

幸福寶咯咯一笑：「我就跟著你。」

詭刺和血刃停止攻擊，蹲在樹下，瞧著老大和熊貓小子繞著樹幹跑來跑去，糾纏不清，好像很難出手。

異特龍在天空罵了一聲笨蛋，重新俯衝下來，平地捲起一股旋風，異特龍沉重的身軀像小山似的落下，張開一對巨爪狂掃，樹幹「喀嚓」一聲，斷成兩半，粗大的樹幹墜落下來，砸向野王的腦袋，多虧幸福寶在後面一撞，野王的腦袋才算保住。

砰！

樹幹滾落在地，樹上的紅毛猩猩吱吱亂叫，四散逃竄。灰塵漫漫落定，三隻恐狼發現熊貓小子的身影竟然消失了，而異特龍正懸浮在半空，拍著巨大的翅膀，瞪著犀利的目光，尋找熊貓小子的身影？

詭刺說：「老大，熊貓小子呢，難道插上翅膀飛了？」

血刃說：「是啊，狡猾的熊貓小子又逃跑啦。」說完，向野王眨眨眼睛。

野王低頭一瞧，在一個黑漆漆的樹洞裡，露出熊貓小子的一截毛絨絨的黑耳朵。原來借著塵土飛揚，幸福寶迅速鑽進一截空洞的樹幹，想利用樹幹做最好的隱蔽。

但是幸福寶藏進樹洞，立刻發現自己很蠢，想再出來的時候，已經被卡住了，急得他一身大汗。

野王說：「首領大人，熊貓小子像老鼠一樣，可能會盜洞，他鑽洞跑啦。」

異特龍冷哼一聲：「你們三個蠢貨，還想欺騙我，看我的。」他抖擻精神，在天空盤旋起來，一對翅膀像剪刀一樣，落在樹叢中發出「喀嚓喀嚓」的聲音，枝葉亂飛，只一會兒工夫，一片樹林被異特龍的翅膀砍得精光，只剩下一棵孤零零的樹幹，這時候的幸福寶還藏在樹洞裡，還沒擠出來呢。

三隻恐狼感覺想要隱藏熊貓小子的意圖敗露了，嚇得一動不動，身上落滿了殘敗的綠葉。

異特龍大搖大擺地走到樹洞前，用一隻眼睛瞧了瞧藏在裡面的幸福寶，發出嘻嘻怪笑：「熊貓小子，藏在裡面的滋味好不好受，你想不想知道，我會用什麼殘酷的手段懲罰你？」

幸福寶說：「我怎麼知道？不過，我很奇怪的是，為什麼你發出來的聲音很像煞姆人大頭領？」

「笨蛋。」野王說：「煞姆人大頭領已經完蛋了，不過，他用魔法控制了這隻大龍，現在你面前的根本不是異特龍，而是煞姆人大頭領，明白了嗎，傻熊貓？」

幸福寶有點明白了，他朝著野王露出感激的目光。

異特龍圍繞著樹椿來回漫步，並沒有理會這一切，好像在思考著鬼主意。幸福寶放棄了鑽出樹樁的想法，他看見異特龍向三隻恐狼一揮翅膀，枝葉紛飛，沙石亂滾，三隻恐狼驚恐萬狀。

異特龍喝了一聲：「你們三個過來，說說，我要用什麼最殘忍的辦法，來折磨熊貓小子？」

詭刺立刻獻策道：「大頭領放心，把熊貓小子交給恐狼是最明智的選擇，我們會將熊貓小子吃掉，熊貓肉可是天下的美味啊。」

血刃抗議說：「不好，我們曾對熊貓小子發誓，不吃熊貓肉。」

野王說：「沒錯，我們的確發過誓，但是這不是我們想吃，是大頭領讓我們吃，我們不吃熊貓，就會被吃，叢林法則，弱肉強食，所以，大頭領請放心，我們還是選擇吃掉熊貓。」

「嘿嘿。」異特龍大叫一聲，「你們三隻狼心狗肺的東西，以為大頭領會相信你們嗎？我是煞姆人大頭領，我的智慧比野獸強千倍萬倍，你們以為能騙得了我嗎，我把熊貓小子交給你們，你們就會和熊貓小子一起來反對我！」

三隻恐狼相互交換了一下眼神，這不再是那隻愚蠢的大龍，而是狡猾的煞姆人大頭領，不好騙啊。

13 鯨魚和章魚

異特龍早想好了對付熊貓小子的計畫，伸出巨爪，抓住樹梢，沒用多少力量，輕輕一扭，木屑橫飛，一大截樹幹變成了無數碎片。

幸福寶藏在剩餘的那截樹幹裡面，顯得很緊張，嘴裡嘟囔著：「大頭領，不要把熊貓小子帶上天空，熊貓不會飛，恐高、害怕。」

異特龍哈哈大笑，終於找到熊貓小子的弱點了，他振翅高飛，要把熊貓小子帶上高空，然後再把熊貓小子丟到山澗裡，摔個粉身碎骨。

幸福寶藏在樹洞裡，聆聽著風聲呼呼，他向下一瞧，三隻恐狼正焦急萬分，朝著天空吼叫。

雲霧繚繞，山巒俊秀，陸地彷彿一塊花花綠綠的草皮，而大海則無邊無際，蔚藍色的海洋飄盪著浩淼的煙霧，白白的海岸線彎彎曲曲，猶如一條長龍，世界在熊貓小子的瞳孔裡，變得越來越小。

異特龍鑽進一片雲霧，繼續向高空攀升。幸福寶感覺很冷，全身都被一層寒流包裹，但是異特龍仍不甘休，他要將熊貓小子先凍成一個大冰塊，然後再扔向地面！

幸福寶卻看準時機，倏地縮成一團，居然從樹洞裡鑽了出來，縱身一跳，向空中飛落。

或許是熊貓小子太渺小了，異特龍竟然沒有覺察到，熊貓小子玩了一個金蟬脫殼的詭計，直到幸福寶墜進一片浩蕩的雲層，他才大笑道：「大頭領，你上當啦！」

異特龍低頭一看，樹洞裡空了，熊貓小子不見了，氣得他大叫一聲，丟了樹幹，朝著那片雲層俯衝下來，而幸福寶飄盪在空中，像一隻快樂的小鳥，墜進雲層就蹤跡不見。

穿過雲層，下面是一片蔚藍的大海，無邊無際。熊貓小子帶著一個漂亮的姿態，落進一片澎湃的浪花。

砰！

幸福寶落進浪花的一瞬間，聽見耳邊有一個低沉而洪亮的聲音：「熊貓小子果然神奇，居然能從天而降啊。」

幸福寶在海水裡打了一個滾，重新浮出水面，尋找那個聽起來慈祥寬厚的聲音。浪花一分，一個龐然大物從海面下浮出，幸福寶從沒見過這麼大的魚，一道清澈而白亮的水柱，從大魚的腦袋上噴射出來，又壯觀又美麗。

幸福寶說：「我叫幸福寶，你好，大魚。」

「你好，熊貓小子，我是藍鯨，是海洋裡的巨無霸。」大魚說：「我是仁慈而智慧的生物，很久以前，藍鯨家族是生活在陸地上的野獸。藍鯨家族的祖先，是地球上的智慧精靈，祖先帶領我們從陸地回到海洋，所以我們知道地球上最古老的故事，而且代代相傳，我們還擁有其他的野獸難以媲美的生命，我們最年長的藍鯨，可以活到三百歲。」

幸福寶奇怪地問：「你怎麼知道我是一隻熊貓，難道你見過熊貓？」

「見過，我還聽說了關於你的很多故事，一隻神奇的熊貓，你尋找力量大師的故事，已經在森林和海洋之間廣為流傳。」

這時候，幸福寶看見一隻大章魚，這隻章魚正趴在藍鯨的腦袋上，他是一隻巨型章魚，但是和藍鯨的身體相比，簡直是小巫見大巫。

這隻章魚用溫柔的眼神瞧著幸福寶，問：「熊貓小子，你找力量大師做什麼？」

幸福寶說：「尋找終極力量！」

「你尋找終極力量幹什麼？」

「拯救熊貓一族，還有很多野獸。」

「你見過力量大師嗎？」

「沒有。」幸福寶沮喪地說，他正想把煞姆人侵略地球的故事告訴這隻大章魚，海面就忽然沸騰起來。

滾滾的浪花襲來，浩瀚的大海展示出驚人的力量，藍鯨沉聲說：「你們不要慌，安靜，鯨魚的死敵來了。」

幸福寶舉起一雙前爪，向遠方眺望，風浪滔滔的海面出現了一條條細浪，然後一片片黃色花紋的背鰭從水面上升了起來，好像是獨特的標誌。幸福寶問藍鯨：「那是什麼魚？」

「鯊魚——虎鯊！是鯨魚的死敵！」藍鯨說著，身體開始在海面上盤旋，他的尾巴盤旋的時候，攪起一片片潔白的浪花。幸福寶和大章魚趴在藍鯨的背脊上，發現四周的水域湧起一道道巨浪，巨浪以藍鯨為中心，不停地向四外擴散。那些虎鯊見勢不妙，立刻停止前進，他們彷彿對藍鯨製造的漩渦很有經驗，不想被浪潮吞沒，也不想被漩渦捲入，因此隨著漩渦，緩慢地在藍鯨的四周遊盪。

藍鯨在浪花上浮現出碩大的身體，雖然他的動作非常緩慢，而且只以海洋裡的磷蝦為食物，但是他的每一次行動，都要消耗巨大的能量。因此，那些虎鯊都在耐心地等待，他們等著，藍鯨總會有精疲力竭的時候。

果然，漩渦只持續了一小會兒，藍鯨的旋轉就慢了下來，四周的浪花從兇猛變得溫柔起來，奔騰的水流漸漸地恢復到平靜的海面。幾隻虎鯊趁機鑽進一縷縷浪花，沉到海面以下，準備對藍鯨發動攻擊。

大章魚對幸福寶說：「熊貓小子，快點阻止這幾條虎鯊，藍鯨現在很疲憊，需要休息一會才能製造更兇猛的漩渦，需要你來拖延一下，快點去阻止他們。」

幸福寶二話不說，從藍鯨的背上一滑，撲通一聲，墜到海水裡面。

幸福寶嗆了一口水，海水是鹹的，但是嗆了一口海水之後，幸福寶變得精神奕奕，他的眼睛射出兩道犀利的光芒，揮舞著爪子向一條虎鯊撲去。

這條虎鯊根本沒見過熊貓，但是對熊貓的游泳本領很是佩服，這個圓頭圓腦的小東西，輕輕地漂浮在浪花裡，他的嘴巴很小，爪子鋒利，虎鯊變得小心翼翼，試探性地和幸福寶過招。

幸福寶可沒有那麼多耐心，只聽大章魚喊道：「攻擊鯊魚的眼睛，那是鯊魚的致命弱點。」

幸福寶向水下一沉，看見那條鯊魚的脊背，正從他的下面滑過，幸福寶在水中一滾，大頭衝下，伸出兩隻前爪，勇敢地抓住一隻背鰭，後爪一蹬，把身體緊貼在虎鯊的脊背上。

這隻虎鯊受了驚嚇，尾巴一擺，向深海鑽去，但是幸福寶可不想和這隻虎鯊去海底遨遊，他不是魚，是一隻熊貓，他得浮到海面上去呼吸。

幸福寶用後爪在虎鯊的背上猛地一擊，縱身向海面上浮去，趁機抓住另一隻虎鯊，這隻虎鯊還很年輕，戰鬥經驗明顯不足，驚恐之下，向海面逃竄，將幸福寶帶出海面。

水花四濺，幸福寶換了一大口氣，重新隨著虎鯊鑽進水中。兩條虎鯊閃動著鋒利的牙齒，從水波的暗影裡衝出來，要給幸福寶來個突襲。幸福寶貼在虎鯊的身體上，前爪猛擊鯊魚的腦袋，虎鯊一閉眼，扭著腦袋猛烈地掙扎，但是大嘴亂咬，差點把衝過來的虎鯊咬下一塊肉來。

兩條虎鯊一分，繞到幸福寶身後，從後面再衝過來，速度快如閃電。幸福寶感覺躲閃不開，他甚至來不及轉身，只好用鋒利的爪子抵抗虎鯊的進攻。

突然間，幸福寶的頭上掠過一道黑影，水花在幸福寶頭上綻開，那條黑影直撲兩條虎鯊。

大章魚！

幸福寶感覺大章魚的速度好像比閃電還快，就像一隻從天空衝向水面的海鳥，進入水中，就變成一隻鋒利的長矛，所有的觸手併攏在一起，身體變得細長，直接撞到一條虎鯊的腦袋上，這隻虎鯊眨了眨眼睛，忽然暈了過去，而另一隻虎鯊則一動不動。

幸福寶放掉騎著的那條鯊魚，向海面浮去，因為後面的鯊魚差點咬掉他的尾巴，他回頭一看，那條鯊魚露出驚恐的神色，因為他的尾巴被一條章魚觸手給纏住了，再也游不動了。

大章魚好大的力量！

幸福寶吃驚地看著，只見大章魚僅僅用一條觸手，輕輕一揮，這條虎鯊就像一條飛魚，躍出水面，滑行出好遠，砰地一聲，摔進浪花。

虎鯊們驚恐起來，幸福寶快樂地一拍爪子，在浪花裡歡呼起來：「好厲害的大章魚！」

大章魚像一隻水母似的浮到一朵浪花上面，說：「熊貓小子，你退到一邊，看我怎麼收拾這些鯊魚，本來以為聞名天下的幸福寶很厲害，原來也沒有多大本事，什麼熊貓英雄，我看是浪得虛名啊。」

幸福寶被大章魚說的滿臉通紅，只好游到藍鯨的嘴巴邊上，藍鯨呵呵一笑，說：「熊貓小子不要生氣，大章魚雖然心直口快，但是他的本領的確非同尋常，你好好瞧著吧。」

幸福寶爬到藍鯨的腦袋上，瞧著大海裡的變化。

大章魚在浪花裡神采飛揚，他的身體好像比雲朵還輕，竟然還從浪中冉冉升起，身體發出紅藍綠黃各種奇異的光芒，海面下的虎鯊正在重新集結，準備發動更猛烈的攻勢。

六隻虎鯊排成一條直線向著藍鯨衝來，但是大章魚突然墜落下來，砰地一聲，砸起一大片浪花。大章魚墜進大海，勇敢地朝著那六隻鯊魚撲去。

幸福寶坐在藍鯨的腦袋上，忽然感覺到整個海平面好似動了一下，六隻虎鯊彷彿被一道洶湧的暗流擊中，立刻暈頭轉向。但是更厲害的還在後面，大章魚好像還不過癮，立刻衝進鯊魚群中，舞動觸角，上下翻飛，那些虎鯊就像顆顆水珠似的，被大章魚拋來拋去。

幸福寶咬著牙齒，完全看傻了，轉眼之間，十幾條虎鯊被大章魚耍得昏昏沉沉的，剩下的掉頭逃竄，鑽進深海。

14 大章魚的故事

幸福寶爬到藍鯨的腦袋上快樂地打滾，叫道：「大章魚，你才是英雄，你是我見過的最最厲害的章魚。」

大章魚說：「熊貓小子，你很謙虛啊，可是你知道嗎，這些虎鯊不過是一些小角色，而且他們也不是沖著藍鯨來的，而是你！」

「我？」幸福寶吃驚地問。

「沒錯，指使他們的是個無比陰險的傢伙，隱藏在大海的深處，你快快現身吧，卑鄙無恥的陰謀家！」

隨著大章魚的叫嚣，不遠處的海面微微拱起一個圓弧，一個龐然大物「嘩」一地從水下升起，好像一隻碩大的信天翁，雪白的浪花瞬間化成千萬滴閃亮的水珠，從空中滾落，激起一片白色的雨霧。

異特龍！

幸福寶吃驚地瞧著，這傢伙還真是詭異，一會兒在天上，一會兒在海裡，簡直無孔不入。異特龍在水面上張開翅膀，猛烈一振，一片水珠漫天花雨般地砸了過來。

幸福寶眼前一花，那些水珠落在他的身上，竟然比冰雹砸中還痛！

異特龍發出嘶啞的奸笑聲，緩緩抖動翅膀，在空中飛舞著說：「熊貓小子，你還真是一隻大難不死的熊貓，不過，遇見煞姆人大頭領，你終究難逃一死！」說完，凌空飛落，巨大的爪子抓向幸福寶的腦袋。

浪花澎湃，藍鯨從海洋裡探出頭顱，連同巨大身體一起浮出海面。異特龍吃了一驚，他的身體在藍鯨面前，好像一個小不點，幸福寶隨著藍鯨向海面下沉，而藍鯨的尾巴向上一撩，擊打在異特龍的爪子上。

異特龍叫了一聲，身體一震，飛快地滾進一片雲層，沒法估量藍鯨的的力氣有多大，幸福寶瞧見異特龍滾進雲層就不見了，他激動得不得了，等藍鯨再次浮出水面，他歡喜得手舞足蹈。

大章魚說：「熊貓小子，你高興什麼？」

幸福寶癡迷地說：「你們太讓我驚奇了，好厲害啊，我什麼時候能這麼厲害呢！」

「厲害個鬼呀！」

雲層裡突然傳來異特龍的聲音，一大片陰影從幸福寶的頭上飛過，異特龍又飛回來了，他笑咪咪地說：「大鯨魚，不要以為你的力量可以勝過我，想要勝我，沒那麼容易。」

藍鯨彷彿也意識到了異特龍的力量，用深沉的嗓音說道：「老伙計，終於來了一個難纏的對手。」

「嗯。」大章魚點頭說，「我感覺到一股邪惡的力量。」

異特龍得意地說：「沒錯，大章魚，我已經感受到了你的力量，我們的力量是相同的，難道——」

「沒錯。」大章魚接著說道：「我們的力量是相同，因為我繼承了終極力量。」

說完，大章魚的身體像一隻軍艦鳥一樣，從海面鑽出，飛快地貼在異特龍的肚子上面。

異特龍大叫一聲，因為大章魚的速度實在是太快，八條觸手已經纏住了異特龍的雙爪，身體也膨脹起來，同時大章魚的觸手變成一條條巨大的蟒蛇，隨著身體不停地旋轉，加緊纏繞的力量。

異特龍的臉孔變得通紅，好似沒法呼吸，大章魚的身體變化讓幸福寶感到神奇極了，很快大章魚就比異特龍更加龐大，但是大章魚並沒有傷害異特龍，而是八隻觸手一擰，一鬆，異特龍就像一隻小鳥一樣，被拋向了天空深處，轉眼之間縮成一個小黑點，就不見了。

幸福寶張著大嘴，說不出話來，有生以來，他第一次體會到，什麼才是真正的力量！

熊貓小子恍然大悟——大章魚竟然是力量大師。

大章魚說：「沒錯，我就是傳說中的力量大師！」

幸福寶快樂地叫道：「力量大師，我終於找到你啦。」

大章魚呵呵一笑，伸出柔軟的觸角撫摸著幸福寶的大耳朵：「熊貓小子，我知道你為什麼找我。」

「你知道？」

「是的，是為了拯救這個星球！」

「對對對。」幸福寶高興極了，彷彿可以卸下心頭的重擔，摟著大章魚快樂得眼淚都流了下來。

力量大師說：「熊貓小子，我已經活了一千年，我是章魚中的長壽者，你知道為什麼嗎？」

「為什麼？」

「因為我擁有終極力量，這種力量不僅僅是一種力量，而且是智慧、勇氣、信心、毅力、思想，這是一種無處不在的正義力量。」

哇！

幸福寶聽得如癡如醉，既然這樣，拯救神農，還有那些伙伴們，可以不費吹灰之力！

力量大師語氣一轉，說：「可惜啊，我太老了，我活了一千多年了，我見識過太多的生老病死，日出月落，我的生命好像靜止了一樣，我對任何事情都已經見怪不怪，不感興趣了，我只想和大海為伴，寂寞地待在大海裡，就像一隻兔子守著自己的窩，哪裡也不想去，更不想去冒險。」

糟糕啊！

幸福寶急忙說：「力量大師，其實外面還有很多好玩的呢，有一艘大飛船，還有很多樹皮人，手臂長得像章魚似的。」

力量大師淡淡一笑：「你說的是煞姆人和他們的飛船，他們在一千多年以前，就曾經想侵佔地球，他們還釋放了一種叫紅恐症的病毒，但是他們並沒有得逞，而我也沒有想到，千年之後，他們會捲土重來。」

「原來，你知道他們？」

「是的，一千年以前，我本來是一隻普通的章魚，正在大海裡遊戲，但是某一天的奇遇，改變了我的一生。那是一個溫暖的季節，我浮到海面上去曬曬太陽，天空上鋪著萬里雲朵，太陽一會兒鑽進雲層，一會兒又光芒萬丈，海面上微風吹拂，涼爽愜意，欣賞著那些雲朵的變化，真是——」

「心曠神怡，心花怒放。」藍鯨說，「好了，老朋友，你就不要弄那麼多故事前的氣氛渲染了，我都聽得膩了，快講故事。」

幸福寶心中一樂，力量大師和老頑固爺爺的性格其實很像啊。

大章魚嗯了一聲，說：「我正待在海面上，海面上被一大片陰影籠罩，我以為是太陽鑽進了雲層，沒太在意，但是就在這個時候，雲層裡有什麼東西開始燃燒，這時候我才發現，一顆小東西帶著火光從天而降，遠遠看起來像一顆流星，但是到了近處，那東西變得越來越大，而且好像失去了控制，砸向我的腦袋，嚇得我鑽向深海，那東西圓圓的大大的，好像一小片大陸，上面還刻著一些符號和花紋，閃閃發光。」

幸福寶脫口而出：「煞姆人的飛船！」

「沒錯，我急忙閃躲墜落的飛船，飛船落在海面上，你知道，那得掀起多大風浪，我一下子就被震暈過去。接下來的事情，我也不知道，我自己猜測，是飛船落進大海以後，灌進飛船的海水把我吸了進去，當我醒來的時候，我已經在飛船的裡面了。我掉進一根管道裡面，漆黑一團，偶爾會有一點閃爍的光芒，我看見了生命中最驚奇的一幕，一個傢伙慌慌張張地藏在陰暗的角落裡，他的手臂看起來和我沒什麼兩樣，卻長了一個樹皮樣子的大腦袋，另一個同樣模樣的傢伙，氣勢洶洶地在後面追他，大吼著說：『大頭領，你跑不了啦，你不適合做煞姆人的大頭領，我們需要的不是軟弱、仁慈，我們需要佔領、侵略、吞噬，一個星球一個星球地征服，我們要重新佔領這個星球，吸乾這個星球所有的能量！』。」

幸福寶「啊」了一聲，他覺得自己遇見的這些磨難，已經是離奇萬分了，沒想到大章魚的遭遇，比自己的還要離奇！

大章魚繼續說道：「但是這個傢伙說：『不可能，難道你還不明白嗎，地球是一個與眾不同的星球，它不會再受任何力量的擺佈，它正在孕育自己的生命，我們的祖先沒法控制地球，我們更不可以，地球有選擇自己命運的權力！』。」

「然後呢？」幸福寶張大嘴巴問。

「在後面狂追的傢伙說：『地球是我們的，你把終極力量給我，我就可以統治地球！』這個傢伙回答說：『不可能，別做夢了。』狂追的傢伙又說：『嘿嘿，你休想逃跑，只要終極力量還在你的身體裡，你就沒法離開飛船，投降吧。』」說到這裡，大章魚喘息了一下，用一種不可思議的語氣說：「接下來，那個逃跑的傢伙突然發現了我，他抓著我的觸手，我們之間彷彿有了某種心靈感應，他對我說：『我將終極力量傳遞給你，這樣我才能變成人類的模樣，我們分別逃離這個地方。』說完，我感覺一種從未有過的力量，傳遞到我的身體上，然後那個傢伙的身體縮小了，變成了人類的模樣。」

幸福寶簡直越聽越奇！

「變成人類的傢伙，他還對我說：『不要讓煞姆人抓到你，你肩負著拯救地球的使命，一千年後，你將會遇見一個從天而降的英雄，那時候，你要將終極力量傳遞給他，這是你的使命，也是你命運。』」

幸福寶問：「那他最後變成了什麼模樣？」

大章魚說：「他變成了一個白鬍子老頭，我們兩個從管道裡滑進大海，這時候，飛船裡衝出一大群怪物，向我們發動攻擊，我們兩個拚命大戰一番，分頭逃竄。我不知道那個傳授給我終極力量的傢伙怎麼樣了，我拚命地往深海裡遊盪，我在深海裡藏了一年都沒敢露出水面。我沿著最深的海溝逃竄，我整天東躲西藏，很怕被那些怪物抓到。同時，我也感覺到自己的身體起了某種奇怪的變化，我變得更加聰明、智慧，而且更有力量。有一次，我遇見三隻大白鯊，這三個傢伙不懷好意，想要吃掉我，結果，被我用一隻觸手就給輕鬆地解決了。而且我還發現，我居然可以離開海水，到陸地上生活，我不怕寒冷和熾熱，我最遠到過地球的南北極地，曾經攀爬過地球上最高的山峰。我的力量強大，沒有任何一隻巨獸可以阻擋我的道路。我知道，這是終極力量的奧秘，而且我的壽命很長，成了一隻不死的章魚。剛開始的時候，我很害怕，但是漸漸的，我樂於享受這種力量帶給我的樂趣，我順便還得管管閒事，打抱不平，成了傳說中的力量大師。」

幸福寶聽得發呆，大章魚說：「可是我沒了自由，到處都有力量大師的傳說，我知道這種力量不屬於我，但是只要我一天擁有這樣的力量，我就得做點什麼。現在我已經活了一千多歲了，我有點累了，我很懷念平淡的生活，我一直在等待那個從天而降的英雄，我想，那就是你，熊貓小子！」

15 力量的傳遞

大章魚說完，用深切而嚴肅的語氣對幸福寶說：「熊貓小子，你明白了麼，終極力量對我來說，已經成了極為沉重的負擔。我成了不死章魚，我很累，我需要找到一個合適的繼承人，將這種力量傳承下去。」

說完，大章魚的兩隻柔軟的觸角，已經摟住幸福寶的雙肩，然後一點點地爬到幸福寶的面前，摟住他的脖子，說：「熊貓小子，看我的眼睛。」

幸福寶注視著大章魚的眼睛，好像兩點燦爛而深邃的星光——催眠術！

幸福寶正要反抗和掙扎，大章魚的兩隻觸手已經緊緊地固定住他的脖子，兩隻尖尖的觸角伸進熊貓鼻孔，還有兩隻伸進熊貓的耳朵，一隻觸角伸進熊貓的嘴巴！

幸福寶感覺全身有些麻木，但是他並沒有睡著，涼冰冰的章魚觸角，幾乎伸到了熊貓肚子裡面，幸福寶很害怕，肚子裡翻江倒海的感覺一點也不妙，他想嘔吐，可是又不能在藍鯨和大章魚的面前出醜。

幸福寶極力地忍耐著，等到大章魚的觸角一鬆，他總算可以擺脫這個又膩又滑的大章魚了。

大章魚輕輕地滑落到浪花裡面，溫柔地問：「好啦，熊貓小子，我已將所有的終極力量傳授給你，你有什麼感覺？」

幸福寶說：「沒什麼感覺，有點噁心，肚子裡冰冰涼涼的，好像要拉肚子。」

大章魚呵呵一笑：「我喜歡誠實的熊貓，只有誠實的繼承者，才有資格正確地使用終極力量。」

幸福寶低著頭，瞧著浪花裡漂浮的大章魚，立刻嚇了一跳，這隻大章魚渾身的顏色變了，原來是燦爛的粉紅色，現在全身烏黑灰暗，原來光滑而漂亮的皮膚，現在像樹樁一樣充滿了皺褶，大章魚眼神裡的星光暗淡下去，彷彿失去了生命的光澤。

幸福寶一陣哽咽：「大章魚，你——」

「熊貓小子，不要為我悲傷，這沒有什麼，我活了一千多年，是該魂歸大海的時候了。我把終極力量傳授給你，再沒有什麼遺憾，反倒更加輕鬆。老朋友，我想回到深海，但是我已經沒了力量，你幫幫我，我想回家。」

「好。」藍鯨溫柔地說，他的眼角已經含著兩大顆淚珠。

「熊貓小子，我們再也幫不了你了，未來，要靠你自己去創造，去吧，去吧。」

大章魚說著，緩緩向深海沉去。

藍鯨朝著幸福寶點點頭，也沉進大海。

幸福寶的心裡難過極了，可是心裡更多的是某種驚喜，藍鯨在鑽向深海的同時，攪起巨大的尾巴，製造了一個不大不小的浪潮，幸福寶覺得自己的身體變得輕盈起來，比浪花還輕，幾乎不用什麼力量，就可以躺在浪花上，向岸邊盪漾，或許這就是終極力量的神奇之處。

浪花漸漸消失，幸福寶回到一片暖洋洋的沙灘上，陽光刺得他睜不開眼睛，他有點困倦，好想美美地睡上一覺，他舒展四肢，懶洋洋地躺在一顆椰樹下。

忽然，一道黑影從樹下墜落，幸福寶下意識地一揮爪子。

喀嚓！

幸福寶嚇了一跳，這是一隻成熟的椰子，從樹上墜落純屬偶然，但是經過熊貓爪子的一擊，竟然像是被刀鋒切成兩半，露出晶瑩潔白的果肉。幸福寶樂了，這真是一頓美餐，他連吃帶喝，吃了一個肚皮溜圓。然後開始琢磨自己的爪子，難道真的比刀鋒還快？

幸福寶還沒琢磨明白的時候，三道黑影從山崖的陰影處鑽了出來，他們跑得氣喘吁吁，有點盔歪甲斜，正是三隻恐狼。

詭刺皺了皺鼻子，說：「老大，是熊貓小子的味道。」

三隻恐狼迅速跑到樹下，將幸福寶包圍起來，他們三個是煞姆人大頭領派來偵察的，如果發現熊貓小子的蹤跡，就要立刻報告！

幸福寶故意打了一個哈欠，淡淡地說：「野王，你們的老大呢？」

「老大？」野王被震怒了，「熊貓小子，我不懂你的意思，這裡除了我是老大，難道還有第二個老大嗎？」

幸福寶說：「大頭領啊，難道他不是你們的老大！」

野王有點鬱悶，低聲說道：「熊貓小子，要不是恐狼的腦袋上被罩了這麼個破玩意，我們才不理會那條傻龍呢。」

幸福寶哈哈一笑，原來這三個傢伙是被迫的，那些盔甲裡面一定藏著某種秘密。他說：「大狼，我可以幫助你們，我獲得了終極力量！」

三隻恐狼先是跳了一下，簡直不敢相信自己的耳朵，目不轉睛地瞧著熊貓小子。血刃覺得自己盼來了希望，咯咯大笑著，在沙灘上跳起了歡樂的舞蹈，野王則有點懷疑，他說：「笨蛋，不要高興得太早，熊貓小子很狡猾，他的話不可信。」

三隻恐狼正在懷疑的時候，幸福寶倏地跳了起來，這動作一氣呵成，快如閃電。

三隻恐狼有點震驚，從沒見過熊貓小子這麼敏捷，而且熊貓小子跳起來之後，立刻向著一棵椰樹發動攻擊，砰地一頭撞在椰樹上，大大小小的椰子雨點一般墜落。

幸福寶並不躲閃，他要露一手給恐狼瞧瞧，因此舞動雙爪——「刷刷刷刷」，落下的椰子一個個被劈成兩半。

三隻恐狼忘記了椰子砸中腦袋的危險，一絲不苟地看著，驚訝得說不出話來。

好犀利的熊貓爪子！

砰！砰！砰！

幸福寶收起雙爪，瞧著三隻恐狼，除了一堆被劈成兩半的椰子，還有三隻被砸暈的大狼。

幸福寶輕輕地走到三隻恐狼身邊，把他們拉到一起，平放在溫暖的沙灘上，然後向一片灰色的山崖爬去。山崖很陡峭，但是幸福寶無所畏懼，張開爪子，奮力攀登，他現在已經不是一隻普通的熊貓，而是一隻繼承了終極力量的熊貓，是熊貓中的超級英雄！

山崖好高，巨石嶙峋，山崖的縫隙裡穿過冷颼颼的山風。幸福寶好像一隻黑白兩色的大蜘蛛，刷刷刷，動作輕盈地爬上懸崖，站在懸崖高處，兩隻爪子搭在前額，向遠處眺望。

遠處是湛藍的天空，萬里無雲，群山沒有一點生氣，樹木凋零，寒氣逼人。燦爛的陽光下，一座座冰山放射著藍色的光芒，瞧不見飛禽走獸的身影，天地間好像全無生氣，一派死氣沉沉。

「嘿嘿嘿！」

從幸福寶爪子下面傳來一陣噁心的嘻笑，幸福寶低頭一瞧，是一隻小黑老鼠，生得禿頭禿腦，非常的邪惡，黑豆似的眼珠射出兩道咄咄逼人的凶光。

幸福寶說：「小老鼠，你想幹嘛？」

「幹嘛？」小老鼠不懷好意地說：「老鼠要吃熊貓肉！」

幸福寶嚇了一跳，這隻小老鼠也來湊熱鬧，看來小老鼠肯定是異特龍大首領派來的奸細。誰知道這隻小老鼠兇得很，蹦到幸福寶的鼻子上狠咬了一口，幸福寶「哎呀」叫了一聲，火冒三丈！

熊貓英雄怎麼可以讓一隻老鼠欺負，幸福寶一爪子拍了下去，結果小老鼠縱身一跳，幸福寶沒打著老鼠，反倒狠狠給了自己一個耳光！

這下，幸福寶真是惱羞成怒了，他向前一撲，非要把這隻小老鼠撕成碎片不可。但是小老鼠靈活極了，他縱身跳到熊貓小子的腦袋上，等幸福寶用爪子撂到腦袋上，小老鼠又鑽到了他的背上，幸福寶大吼一聲，一個翻滾，要把小老鼠壓成肉餅，但是翻身跳起一看，地面上哪有小老鼠的影子，只有一個桃胡大小的洞口，小老鼠正藏在洞裡面，發出「咯咯咯」的嘲笑！

幸福寶用爪子狠狠地踩了下去，結果，小老鼠在另一個地洞裡露出頑皮的腦袋。

幸福寶正想把那個洞口變成一片廢墟，忽然小老鼠吹了一聲口哨，一片黑壓壓、陰森森的黑影，從山巔蔓延而來，好像一股無邊無際的黑色潮水，那些潮水全是老鼠！大的，小的，公的，母的，全都目露凶光，向著熊貓小子撲來。

幸福寶膽怯了，這麼多老鼠他可應付不來，雖然擁有終極力量，但是這可不是力氣大小能戰勝的，幸福寶撒開四爪，沒命地奔跑，但是越跑，越覺得身體沉重，終極力量好像在身體裡面消失了。

幸福寶恐懼極了，原來自己還沒有完全掌握終極力量的奧妙，他邊跑邊叫：「老鼠，熊貓和你們可是沒仇沒恨啊，別追啦。」

「吃掉熊貓，殺死幸福寶，給異特龍大頭領一個完美的驚喜！」

幸福寶感覺自己跑得不慢，但是那些老鼠的速度更快，黑色的潮水已經湧到面前，幸福寶忽然覺得身體輕飄飄的，原來自己被老鼠抬了起來。幸福寶乾脆放棄了抵抗，因為在一瞬間，他的身體上全是老鼠，如果他想反抗，就會被老鼠咬成一堆白骨！

那隻調皮的小老鼠尖叫道：「老鼠們，我們該怎麼處置這隻熊貓？」

一隻老鼠說：「吃掉。」

但是另一隻老鼠說：「我們已經很多年沒吃過肉了，也不知道熊貓肉好不好吃，但是我們得讓這隻熊貓痛苦地死去。」

「沒錯，沒錯，我們不想吃熊貓了，我們要吃樹根和草皮。」

小老鼠說：「好吧，我們尊重大家的意思，我要把這隻熊貓送到黑暗山脈，叫給那些黑暗精靈，好不好。」

所有的老鼠都點頭，全身鼠毛豎起，看來這些老鼠都很害怕黑暗精靈。幸福寶不知道什麼黑暗精靈，但是很恐怖。

他問：「黑暗精靈是什麼？」

小老鼠露出壞笑：「一會你就知道了，他們是地球上最可怕的傢伙，連異特龍大頭領都忌憚三分。」

小老鼠帶著幸福寶爬向一片冷峻而險惡的山脈，幸福寶的命運變得異常艱難，吉凶未卜！

一座黑色的大山橫貫南北，樹蔭密布，陰森恐怖，透著一股兇氣。

老鼠們把熊貓小子抬到這裡，再也不敢前進一步，只是小聲地說：「黑暗精靈，我們給你送來了美食。」

昏暗的森林中亮起一對兇巴巴的眼睛，接著一對，又一對，無數隻兇狠的眼睛在森林中亮起，讓老鼠們不寒而慄！

一個嘶啞而低沉的聲音叫道：「擅入黑暗精靈的地盤，只有一種命運——被活活地吞掉！輕輕地放下那隻熊貓，然後滾開！」

老鼠們照做了，瞬間之間，老鼠像潮水似的退去在，就把幸福寶孤零零地留在原地。恐怖像黑暗的影子一樣，爬滿了熊貓小子的全身。

森林中傳來簌簌而動的聲音，那可能是黑暗精靈的腳步聲，也可能是黑暗精靈磨牙的聲音，正準備把熊貓小子一點一點地吃掉！

一條陰森的影子從森林邊緣爬了出來，竟然是一隻巨型大蜘蛛，八隻眼睛寒光閃閃，殺氣騰騰地爬了過來。

幸福寶覺得完蛋了，自己可能會被蜘蛛吸成一個空殼，但是那隻大蜘蛛轉動著八隻閃亮的眼睛，瞧了瞧幸福寶，露出狂喜的神色，大叫道：「你是幸福寶爸爸，你是幸福寶爸爸。」

「幸福寶爸爸來了！」大蜘蛛幸福的叫喊聲，傳遍了整個黑暗的山谷，山谷裡那些寒冷的目光，立刻轉化為溫暖的目光。緊接著，從岩石的罅隙裡，樹蔭陰暗處，土坡洞穴裡，溪谷的邊緣爬出一行行，一排排，大大小小的蜘蛛，這些傢伙帶著親切的目光，向幸福寶聚攏而來。

幸福寶猛然想起，這些都是從那隻卵袋裡孵化的蜘蛛，這些可愛的小傢伙，有的已經長成了大蜘蛛，有的已經生兒育女，沒想到這些傢伙在這裡安家落戶，不過，他們兇猛的樣子，還真有點蜘蛛霸王的風範！

16 特別的力量

幸福寶和蜘蛛們正沉浸在重逢的喜悅中，忽聽天空上一聲尖叫，傳來異特龍大頭領的聲音：「熊貓小子，走到哪都這麼幸運，真是氣死我啦。」

異特龍張著一對大翅膀，他本來隱藏在雲層裡，想要偷看蜘蛛吃掉熊貓小子，但是沒想到這些蜘蛛叫熊貓小子爸爸，這可讓異特龍火冒三丈。他決定親自出馬，幹掉熊貓小子和這些可惡的蜘蛛！

幸福寶說：「大惡龍來吧，我們要勇敢地迎戰你！」

異特龍說：「熊貓小子別狂妄，就算你繼承了終極力量，也不可能戰勝我！」

異特龍從空中俯衝下來，張開利爪朝著幸福寶的腦袋一抓，幸福寶一點也沒有躲閃，因為蜘蛛們編織了一張大網，異特龍落下來的時候，大網已經張開，但是這一點也沒影響到異特龍的進攻。

異特龍被一張透明的大網罩住，砰地落在地上。蜘蛛們咯咯一陣怪笑，因為熊貓爸爸的仇人就是蜘蛛的敵人，這些大蜘蛛以為把大龍逮住了，紛紛跳了過去，想把異特龍給制服。

異特龍倒在地上，猛烈地掙扎起來，但是蜘蛛編織的大網非常堅韌，掙扎了兩下，沒有掙破。異特龍的力量讓蜘蛛們嚇了一跳，異特龍最後一跳，才把蛛網一掙而破！

蜘蛛們很聰明，發現異特龍的力量很強大，他們並不想和這麼強烈的力量碰撞，因此很聰明地退後，把這個強敵留給熊貓爸爸。

幸福寶在這些蜘蛛面前，當然要拿出當熊貓爸爸的驕傲和尊嚴。他奮勇上前，迎著異特龍撲了上去，異特龍很囂張，他故意讓熊貓小子在這些蜘蛛面前出醜。原來以為黑暗精靈是些恐怖的魔獸，原來都是一些小蜘蛛，異特龍很得意，這一次要把幸福寶和他的孩子們一網打盡！

異特龍要給熊貓小子一個下馬威，因此沒等熊貓小子發招，立刻張開利爪，狠狠地抓住熊貓小子的雙肩，他要把熊貓小子一撕兩半。雖然這樣有點殘忍，但是為了降服這些黑暗精靈，異特龍大頭領不得不狠心做掉熊貓小子。

但是熊貓小子並不是不堪一擊。驀地，異特龍大頭領感覺到熊貓小子的身體裡湧動著一股巨大的力量，這種力量讓熊貓小子的身體堅如磐石，還把異特龍大頭領的力量給化解了。

幸福寶吃驚地瞧著異特龍拚命地搖動一對大翅膀，地面上飛沙走石，旋起一股猛烈的氣流，但是他卻平安無事，但是異特龍大頭領的臉孔漲得通紅，最後只好放棄，鬆開爪子，飛上天空！

蜘蛛們齊聲歡叫：「熊貓爸爸真威風，熊貓爸爸必勝，必勝，必勝！」

幸福寶問：「大頭領，怎麼了嗎？」

異特龍大頭領惱怒而驚異地說：「熊貓小子，這是終極力量嗎？」

「沒錯。」幸福寶說，其實他沒感覺到有什麼力量，他只是在嚇唬異特龍。

異特龍大頭領咳嗽一聲，在天空中說道：「熊貓小子，終極力量不屬於熊貓，你使用終極力量來戰敗我，根本不算是英雄好漢！」

幸福寶呵呵一笑，說：「大頭領，我知道你霸佔著異特龍的身體，異特龍的力量也不屬於你。」

異特龍彷彿覺醒了似的，在空中差點墜落到地面上。但是他沒有停止對熊貓小子的仇恨，而是重新朝著幸福寶撲來，要把熊貓小子撕成碎片。這一次，異特龍可不管什麼戰法，沒頭沒腦地張開爪子，向幸福寶一頓亂抓亂撓，那些蜘蛛紛紛向叢林裡閃躲，只剩下幸福寶一個。

幸福寶在地上不停地躲閃，異特龍絲毫沒有手軟，而是更加瘋狂，大叫著：「熊貓小子，別以為我不知道你的弱點，終極力量你還沒有完全掌握，我必須把你幹掉！」

幸福寶卻說：「大惡龍，雖然我還沒有完全掌握終極力量的秘密，但是我想，這個世界上一定還會有消滅邪惡的力量。」

「在哪？」

「在你的身上！」幸福寶說。

「我？」異特龍懸浮在半空，哈哈狂笑，「傻了吧，熊貓小子，我怎麼可能消滅自己，你真是一隻蠢熊貓。」

幸福寶嘆息一聲：「煞姆人大頭領，你還真是愚蠢。」說完，他朝著異特龍的身後，抬爪：「老虎，快點出來吧。」

平地響起一聲虎嘯，整個山林都震顫起來，一隻猛虎從叢林的暗影處走了出來，帶著一臉輕鬆而愜意的笑容，猛虎的腦袋上還站著一隻鸚鵡，鸚鵡阿飛的笑容帶著幾分詭異！

「咦？老虎，你不是嚇跑了麼？」異特龍大頭領問。

老虎呵呵笑道：「老虎不是膽小鬼，老虎的逃跑是為了執行一項秘密使命，是熊貓小子叫我假裝逃跑的，我的表演很逼真吧。」

「逼真極了，非常像一隻膽小鬼。」阿飛說。

「臭阿飛。」老虎說：「現在終於順利完成我的使命了。」

三個好朋友有說有笑，把異特龍弄得莫名其妙，氣得連吼帶叫：「究竟是什麼秘密使命，你們在開玩笑嗎？」

阿飛說：「急什麼，現在讓你瞧瞧我們的秘密武器。」

「秘密武器？」

阿飛向老虎叫道：「老虎，那幾個小傢伙呢？」

老虎說：「小傢伙們，快點出來吧。」

密林中鑽出幾隻小傢伙，這些小傢伙和異特龍長得一模一樣，比老虎大不了多少，一蹦一跳，向著異特龍跑來。

異特龍大頭領好像渾身一震，「這是——」

幸福寶說：「異特龍，難道你忘記了嗎，這是你在水洞裡面留下的蛋，這些小龍就是你的孩子。」

「不，不可能，我要殺了你們！」異特龍臉色蒼白，邁起大步，朝著幸福寶衝了過來，但是那三隻小龍躍躍欲試，擋在面前。異特龍的腳步一下子變得踉蹌起來，異特龍的嘴巴裡傳出煞姆人大頭領的尖叫：「衝上去，殺掉熊貓小子，連那三隻小傢伙一塊幹掉，老虎、鸚鵡，統統給我幹掉！」

異特龍搖晃了一下身軀，聲音又變得溫柔：「不，他們是我的孩子，是我的孩子，好寶貝，快點到媽媽這來，我的寶貝。」

「快，殺掉你的寶貝！」煞姆人大頭領叫道。

異特龍的聲音又變成煞姆人大頭領的，異特龍的身軀不停地顫抖，連眼神都不停地變換，一會兒犀利，一會兒溫柔，一會兒兇殘，一會兒平淡。

幸福寶、阿飛、老虎緊張地瞧著異特龍的變化，幸福寶把三隻小龍摟在一起，如果情形不妙，他們就立刻逃跑。

異特龍的機械翅膀突然張開，像一對鋒利的刀鋒，隨著異特龍的身體旋轉起來，異特龍的聲音，彷彿是從身體的深處傳來：「你別想再控制我，你是個十足的壞蛋！」

老虎問：「怎麼，異特龍瘋了，自己還能和自己幹架，真是天下奇聞啊！」

阿飛說：「什麼天下奇聞，是孤陋寡聞，你沒瞧見嗎，異特龍被一種邪惡的力量控制了，他正在和邪惡力量抗爭呢。」

「那我們是不是得幫幫他？」老虎問。

幸福寶說：「不用，現在沒有人能擊敗異特龍，只有自己能打敗自己！」

「連終極力量也不行？」阿飛悄悄地趴在熊貓的耳朵上問。

幸福寶一笑，並不回答，阿飛明白了，保持沉默，和老虎一同瞧著異特龍的掙扎。

異特龍好像瘋了一樣，在地上不停地扭動，喘息，還不停地摔倒，翻滾，一雙機械翅膀不停地摔打著，那些機械羽毛不停地從翅膀上墜落，直到張開翅膀也無法飛翔。

異特龍挺起大頭，向堅硬的岩石猛衝過去。煞姆人大頭領正努力重新控制這個巨大的身軀，異特龍的想法雖好，但是身體卻不聽指揮，而是側著身體，貼在一塊突出的岩石上，猛烈地撞擊，只聽喀嚓一聲巨響，左邊的翅膀折斷了，異特龍接著扭轉身體，喀嚓一聲，右邊的翅膀也跟著折斷。

一對精巧的機械翅膀完全從異特龍的身體上脫落，在脊背上留下一道長長的創傷。但是異特龍並沒有就此罷手，他發出劇烈的喘息，身體裡傳來煞姆人大頭領的尖叫：「瞧瞧你都幹了些什麼，我再也飛不起來啦！」

幸福寶吃驚地瞧著異特龍，異特龍似乎已經覺醒了，他縱身一躍，高高跳起，砰地一聲摔在岩石上，頭上冒出一股淡淡的黑煙。

這是煞姆人大頭領控制異特龍的邪惡力量，幸福寶一躍而起，刷刷兩爪，將煙霧劈得四分五裂，煙消雲散，煙霧裡彷彿傳來煞姆人大頭領的慘叫，然後一切都歸於沉寂。

阿飛問：「結束了？」

幸福寶說：「結束了，大頭領的邪惡已經被我消滅了。」說完，他蹦蹦跳跳地跑到一棵高大參天的冰樹前面，親切地摟住那棵冰樹，老虎和阿飛跑過去，驚奇地問：「你不是來解救神農的嗎，摟著這棵大樹幹什麼呀？」

幸福寶說：「這就是神農爺爺。」

阿飛問：「你確定？」

「確定。」幸福寶不好意思地說，「我害怕回來找不到爺爺，所以離開的時候留下了一點記號，不信你聞聞，樹根下面還有我留下的氣味。」

阿飛和老虎一聞，果然有一股熊貓的尿騷味。原來，熊貓小子往神農的身上澆尿，哈哈。

不過濃烈的氣味正被融化的冰水沖淡，幸福寶身體裡的終極力量開始發揮神奇的作用，包裹著神農爺爺的冰層開始融化，而且融化的範圍逐漸在擴大，速度不停地加快。融化的冰水涓涓流淌，形成一條條美麗的山澗，冰峰開始解凍，百草滋潤，樹木露出蒼翠的容顏。天上陰沉的雲層逐漸飄散，燦爛的陽光射穿陰霾的天空，整個天空像一塊碧藍色的寶石，鑲嵌在山峰之上，勝利的光芒照徹山河大地。

「沒有什麼力量，比一個母親的愛更偉大，當老虎把三隻小異特龍帶出來時，我就已經知道，我們贏定了。」幸福寶甜蜜地說。

尾聲

幸福寶、阿飛、老虎站在一座高大而宏偉的山峰上，天空上停泊著煞姆人巨大的飛船。

老虎問：「煞姆人真的走了嗎，他們會不會回來？」

「至少現在不會回來，神農爺爺已經重新成為煞姆人的大頭領，我想，煞姆人再不會回到地球來搗亂了。」

「喂，喂。」老虎看見巨大的飛船緩緩升起，飛向深藍色的宇宙，最後化成一個光點消失不見，他和幸福寶商量地說：「熊貓小子，我們是不是好朋友？」

「是。」

「我們是不是可以生死患難？」

「是。」
「現在是不是所有的危機都已經過去？」
「嗯。」
「那你的終極力量是不是沒用了？」
「啊？」
「那你把終極力量借我玩一下，我想要你幫我取名字了，老虎這個名字其實也不錯。」
「不好吧！」
「有什麼不好的，還有誰敢反對我。」老虎得意地說。
神農把禦風使者、異特龍，還有那些外星生物統統地帶走了，現在只有他的力氣最大，沒有誰敢向老虎發出挑戰！
「不好吧。」阿飛第一個抗議，「老虎，我也是熊貓小子的好朋友，終極力量應該先給我玩玩，然後我再給你。」

老虎說：「什麼嘛，我先來，先給我玩玩嘛。」

幸福寶急忙搖頭說：「我現在只是一隻普通的熊貓，現在已經沒有終極力量了，我把終極力量還給了煞姆人。」

「想騙誰呀，我可沒看到？」阿飛舞動著翅膀，不停地煽著熊貓的耳朵，還用堅硬的喙啄熊貓的腦袋，把幸福寶弄得又癢又痛。

老虎也板起臉孔，拿出一副六親不認的架勢：「熊貓小子，快點把終極力量給我玩玩。」

幸福寶瞧了瞧四周，聽見老虎和阿飛的叫嚷，那些熊貓也蠢蠢欲動，雖然剛剛從冰凍中甦醒，但是熊貓們好像冬眠過的熊一樣，並沒有無精打采，反倒是精神抖擻，向幸福寶包圍過來，然後齊聲大叫：「給我，給我，給我嘛！」連鈴鐺和辣椒都飛快地撲了上來。

幸福寶只好撤退向山下飛奔，可是熊貓們不依不饒，幸福寶說：「你們別追啊，我真的沒有終極力量啦。」

老頑固說：「你們這些淘氣的熊貓，熊貓小子就算給，也輪不到你們，應該我老頑固來繼承，我可是熊貓中最有智慧，最德高望重的熊貓啊。」但是他嘆息一聲，因為，周圍已經沒有熊貓了，那些熊貓、老虎、鸚鵡正在追著幸福寶的身影，在陽光下快樂地奔跑。

國家圖書館出版品預行編目 (CIP) 資料

熊貓英雄三部曲：終極力量／猛獁象作 .-- 第一版 .
-- 臺北市：樂果文化出版：紅螞蟻圖書發行，2017.09
面；　公分 . --（小樂果；3)
ISBN 978-986-95136-1-6（平裝）

859.6　　　　106011229

小樂果 03

熊貓英雄三部曲：終極力量

作　　者／猛獁象
責任編輯／謝容之
行銷企劃／黃文秀
封面設計／小於、張一心
內頁插圖／小於
美術構成／上承文化

出　　版／樂果文化事業有限公司
讀者服務專線／（02）2795-3656
劃撥帳號／50118837 號　樂果文化事業有限公司
印 刷 廠／卡樂彩色製版印刷有限公司
總 經 銷／紅螞蟻圖書有限公司
地　　址／台北市內湖區舊宗路二段 121 巷 19 號（紅螞蟻資訊大樓）
電話：（02）2795-3656
傳真：（02）2795-4100

2017 年 9 月第一版　定價／180 元　ISBN：978-986-95136-1-6
※ 本書如有缺頁、破損、裝訂錯誤，請寄回本公司調換